アルベリク様の楔が蜜壺の中を前後するたびに焦熱が全身へ広がっていく。
「ミレイユ——熱い」
少し掠れた声でアルベリク様が言った。
「ん、う……ん、わたしも……同じ、です」

悪役令嬢の取り巻きモブですが、破滅回避を頑張ったら王弟殿下に求愛されました

熊野まゆ

Vanilla文庫

悪役令嬢の取り巻きモブですが、王弟殿下に求愛されました
破滅回避を頑張ったら

目次

イラスト／まりきち

第一章　フリージアのお茶会

わたし――ミレイユ・コルトーは、ひとつ年下の幼なじみであるマノン様から呼び出しを受けてモラクス公爵邸のサロンにいた。

窓から柔らかな朝陽が射《さ》すサロンのソファに座っているマノン様の表情は浮かない。

「それでね、クリストフ殿下はこうおっしゃったの――俺はべつにどっちでもいい、と。それは、わたくしのことなんてどうでもいいということかしら」

マノン様は悲壮感を露《あら》わに、いまにも泣きだしそうな顔をしている。

「いいえ、そのようなことはございません」

わたしは首を横に振りながら、きっぱりと否定した。

来《きた》るソニエール公爵邸でのお茶会に向けて、ドレスの色は寒色系と暖色系のどちらにしようかと、婚約者であるクリストフ殿下に尋ねたところ「どっちでもいい」と言われたのだそうだ。

マノン様としては、クリストフ殿下の婚約者としてお茶会に出席する以上、彼の装いに少しでも合わせたいという思いからそういう質問をなさったのだ。けれどクリストフ殿下にはその意図がまったく伝わっていないようすだ。

公爵令嬢マノン様と王太子クリストフ殿下が婚約なさったのはいまから二年前。マノン様が十五歳のときだ。

以来、わたしはふたりの恋をずっと応援している。

いや、応援どころの話ではない。ふたりが無事に結ばれてくれなくては命にかかわる。

それはここが、乙女ゲーム『天空のジャルダン』の世界だから。

天空のジャルダン――略して『天ジャ』は、わたしが前世でやり込んでいた乙女ゲーム。自分で言うのもあれだけれど、わたしは攻略本の生き字引、もしくは歩く攻略本だと自負している。

それくらい天ジャが大好きで、攻略対象キャラクターすべてのルートを何度も繰り返しプレイした。

大好きな天ジャの世界に、わたしは王太子クリストフ殿下ルートの悪役令嬢マノン様――その取り巻きモブであるミレイユとして生を受けた。

いわゆる異世界転生である。

マノン様が恋に破れて婚約破棄されようものなら、その取り巻きモブであるわたしも一緒に断罪されてしまう。

それだけはなんとしても回避したい。

マノン様は根っからの悪役令嬢ではない。

以前はわがままなところもあったけれど、このところは違う。

ただ、とにかく臆病で自分に自信が持てないというだけだ。

「マノン様？　クリストフ殿下には、ソニエール公爵邸でのお茶会にはどのような装いで出席なさるのかをお尋ねになればよろしいかと思います。それに合わせて、マノン様がドレスをお選びになるというのはいかがでしょう？」

マノン様は、クリストフ殿下の隣がふさわしい自分になりたいと思っていらっしゃる。彼の衣装とそぐわないドレスは避けたいのだ。

とたんにマノン様は表情を明るくした。

「ええ、そうね！　さっそく殿下にお手紙を書くわ」

前向きになってくれたマノン様を見て、わたしはほっとしながら大きく頷《うなず》いた。

広大で自然豊かなコルトー伯爵領の北端に位置する屋敷の一室に戻ったわたしは、ひたすら羽根ペンを走らせていた。

アメシストの絵が描かれた便箋に文字を綴《つづ》っていると、コンコンとノック音が響いた。

「はい」

私室の扉が開き、手紙の束を抱えたメイドが入ってくる。

「お嬢様、午後の郵便が届きました」

「ありがとう。いつもの場所にお願い」

メイドは慣れた手つきで、傍机《そばづくえ》に手紙を置いてくれる。

午後の郵便もどっさりね。早く確かめなくちゃ。

がぜんやる気になったわたしは、文の結びに「感謝を込めて」と記してから羽根ペンをスタンドに預け、手紙を畳んで封筒に入れた。

ちょうどいまので、午前中に届いた手紙の返事は書き終えた。

傍机に積み上がっている手紙を確かめはじめる。

わたしはコルトー伯爵の娘として茶会や舞踏会に出席し、出かけないときはこうして方々へ手紙を書いて過ごしている。

手紙には有益な情報も多いから、時にはメモを取り、返事が必要なものとそうでないものに分けて保管していく。

すべては円滑な社交、ひいては商売繁盛のためである。

ここ、コルトー伯爵領は世界的にも珍しく幾種類もの鉱床に恵まれており、たくさんの鉱石が採れる。それらを加工して宝石にし、貴族から富裕層まで幅広く取引をして商いを営んでいる。

伯爵である父や跡継ぎの兄のもとへは商談の手紙が届くことが多いけれど、わたしに宛てられたものはもっぱらお茶会や舞踏会の招待状だ。

その中で、ひときわ流麗な文字を見つけてはいつもドキッとする。

王弟アルベリク殿下からのお手紙だと、一目でわかるからだ。

わたしはいそいそと封蠟《ふうろう》を外して、手紙の内容を確かめる。

アルベリク殿下からのお手紙はいつもすごく丁寧で、お上手なのよね。

手紙の内容はこうだ。ソニエール公爵邸の庭でフリージアが見頃だから茶会を催す。ぜひ来てほしい――。

端的に言ってしまえばそういう内容だったのだけれど、情景がよくわかる美しい言葉ばかりが綴られていて、フリージアの香りが漂ってくるようだった。

以前、口頭でお誘いは受けていたものの、直筆の手紙をもらえて嬉しい。マノン様が装いを気にしていらっしゃるお茶会だ。手紙には、お茶会のあとは泊まってほしいとも書かれていた。

殿下の言葉選びはいつも秀逸だ。響きが美しいものばかりだし、アルベリク殿下の優しさや人柄が伝わってくる。

わたしはすぐに返事を書きはじめる。

失礼のないように、嬉《うれ》しい気持ちが伝わるように心を込めて。

字も言葉選びも殿下のように上手《うま》くはないけれど、一文字一文字を丁寧に。

だれに対して手紙を書くときも同じように気持ちを込めて羽根ペンを動かしているのだけれど、アルベリク殿下へ宛てたもののときがいちばん緊張する。

手に汗を滲《にじ》ませる勢いで手紙の返事を書き終えたわたしは「ふう」と息をつき、来るべきお茶会に胸を弾ませた。


今日はソニエール公爵邸でお茶会だ。

わたしは早めに昼食を済ませ、メイドに手伝ってもらい、鏡の前で支度をした。

髪に癖があるので、どれだけ櫛《くし》で梳《す》いてもまっすぐにはならない。胸の下まである、ウェーブがかった茶髪をメイドがハーフアップにしてくれた。

デイドレスの裾には春らしいパステルピンクのレースが重ねられている。

「本日もおかわいらしいです、お嬢様」

「あ、ありがとう」

メイドたちはいつもわたしを褒めてくれる。ありがたいことだけれど、いつも少し気恥ずかしくなる。褒められるのにはどうも慣れない。

屋敷を出たわたしは、ポルトコシェールに停《と》められていた馬車に乗り込み、リトレ国の王都がある北を目指した。

コルトー伯爵家の屋敷は領地の最北端に位置しているため、王都へのアクセスはよい。アルベリク殿下が所有するソニエール公爵邸はリトレ王宮内にある。王宮までは馬車で三十分ほどだ。

きちんと整備された石畳を進んでいると、リトレ王宮の白い外壁が見えてくる。馬車に乗ったまま、正門で手続きをして王宮内へ。ソニエール公爵邸の玄関前で馬車を降りた。

公爵邸は王宮と揃《そろ》いの白い壁にアーチ窓が連なり、屋根は落ち着いた青色。美しく洗練された建物の前面には大きな庭が広がっている。

わたしのあとにも、次から次に馬車がやってきてはゲストが降り立つ。お茶会にしても舞踏会にしても、ソニエール公爵邸で催されるものはいつも大規模だ。

わたしは公爵家の執事の案内で庭へ向かおうとしていた。

「ミレイユ」

低く、それでいて優しい声に呼び止められた。

ドキンッと、彼からの手紙を見たときとは比べものにならないほど胸が高鳴る。

まだ心の準備ができていなかったからだわ。

アルベリク殿下は茶会の主催者だけれど、王弟であり公爵でもある高位の貴族だから、出迎えはなくわたしたちからご挨拶へ窺《うかが》うのが慣例だ。よほどの主賓でなければ、彼が出迎える必要はない。

けれどアルベリク殿下はここにいて、にこやかな顔で近づいてくる。

彼が歩けば、左側のほうが少し長めのアシンメトリーの銀髪がさらさらと揺れた。

「天気に恵まれてよかった」

意志の強そうなきりりとした目と眉だけれど、いつも笑みを湛《たた》えていらっしゃるし、口調も穏やかなので優しい印象になる。

外交と公爵領の統治に加えて、王太子クリストフ殿下の相談役でもあるアルベリク殿下は現在二十八歳。わたしより十歳も年上の、落ち着いた大人の男性だ。

濃いグレーの襟に金色のアカンサスが縁取りされた瀟洒《しょうしゃ》な服を、完璧に着こなしている。

アルベリク殿下とは、マノン様に付き添って出席した晩餐会で出会った。

お城の大広間は着飾った貴族たちで溢れていたのだけれど、わたしはアルベリク殿下の姿をすぐに見つけることができた。

というのも、前世のときからアルベリク殿下はわたしの推しだったのだ。

アルベリク殿下は攻略対象キャラクターではなかったものの、その美貌と寛大なお人柄や、極めて有能だというところに惹かれていた。

遠目から眺めるばかりだったアルベリク殿下と実際に話をしたときは、叫びだしてしまいそうなほど感動した。

いや、心の中では「この世界に転生できてよかった」と何度も叫んでいた。

当時、初めてお城の晩餐会に出席し、右も左もわからずに戸惑っていたわたしとマノン様を上手くフォローしてくださったのがアルベリク殿下というわけだ。

マノン様とクリストフ殿下が婚約なさった二年前は、マノン様の恋を応援することにばかり気を取られていたせいで、お城の晩餐会がどういった流れで催されるのか予習するのを失念していた。だから、アルベリク殿下には感謝してもしきれない。

推しの彼と出会ったころのことを顧みたあと、わたしは深々と頭を下げ、レディのお辞儀をした。

「はい、素晴らしいお天気ですね。本日はお招きいただきありがとうございました」

「こちらこそ、来てくれてありがとう。早くきみに会いたくて、そわそわしていたよ」

場を和ませるご冗談もお上手だわ。

いつも悠然と構えていらっしゃるアルベリク殿下が「そわそわ」しているところなんて、とても想像できない。

わたしは「ありがとうございます。お会いできて光栄です」と、もう一度頭を下げた。

「こちらへ。フリージアがいちばんきれいに咲いている場所をきみに見せたい」

軽く肩を抱かれたものだから、またもや心臓が飛び跳ねる。

彼は親しみやすく、サービス精神が旺盛だとつくづく思う。

わたしはドキドキしながらも笑って、アルベリク殿下についていった。

本来なら公爵家の執事が庭への案内役を務める。伯爵令嬢のわたしは大した客ではないのだけれど、殿下が直々に案内してくださることが多い。

アルベリク殿下は本当に謙虚で、細やかな気配りを忘れない方だと尊敬する。

クリーム色の煉瓦《れんが》が敷き詰められた小道を通ってゆっくりと進む。幅の狭い道だから、殿下と寄り添っていなければ並んでは歩けない。

わたしが殿下の後ろを歩けばよいのだけれど、相変わらず肩を抱かれているのでそうはできなかった。

アルベリク殿下がすぐ近くにいらっしゃるから、ずっとドキドキして落ち着かないものの、ぽかぽか陽気と暖かな風はとても気持ちがよい。

それにこういう、生け垣に囲まれた細い道を歩いていると、なんだかわくわくしてくる。童心に返り、秘密の探検でもしている気分だ。

細い道を抜けると、急にひらけた場所に出た。

六角形の真っ白なガゼボの周囲には色とりどりのフリージアが、美しさを競うように咲き誇っている。

フルーティーな香りが漂う、夢のような光景にうっとりする。

わたしは両手を胸の前に組み合わせて、感動しながらフリージアを見まわしていた。

「気に入ってくれた？」

急に顔を覗《のぞ》き込《こ》まれた。サファイアブルーの瞳とばっちり目が合う。

「あ、あのっ……きれいなお庭、ですね」

顔の距離が近いせいで、声が上ずってしまった。

もっと気の利いた感想を言いたいのに、目の前のことでいっぱいいっぱいになって、言葉が出てこない。

アルベリク殿下は少しも視線を逸《そ》らすことなくわたしを見つめてくる。

お顔立ちの美しさはまさに国宝級だ。ずっとだって見ていられる自信があるけれど、それはわたしが一方的に眺める場合に限る。

「客観的な評価ではなく、きみの好みかどうかを訊《き》いているんだ。気に入った？　それとも気に入らない？」

「気に入った」だなんて返事はおこがましくて言えない。だから先ほどは「きれい」だと答えたのだけれど、アルベリク殿下にとってそれは客観的な評価に過ぎないらしい。

こっそり深呼吸をして、息を整える。

「わたし……好きです。このお庭が」

それが精いっぱいだった。でもこれは、心からの言葉。

「本当に？　遠慮なくきみの好みを言っていいのだからね」

「本当に、本当です。いい香りがしますし、この白いガゼボも素敵で、夢のような場所ですから」

透き通ったサファイアの瞳を見つめて言った。

殿下が麗しすぎて、こうして目を合わせていると気後れする。それでも、わたしの言葉を信じてもらいたくて必死に見つめ続けた。

アルベリク殿下は、どこか安堵《あんど》したように笑った。

「そう……。ミレイユに気に入ってもらえると、私はすごく嬉しい」

極上のほほえみを前にして、すぐには言葉が出てこない。

どうしてそんなに、わたしの気持ちを大切にしてくださるの？

そのことを尋ねようとしたときだった。

「――アルベリク殿下、ミレイユ嬢！」

遠くから男性の声がした。

顔なじみの貴族男性が片手を掲《かか》げて、わたしたちのほうに歩いてくる。

「……もう見つかってしまった」

殿下はにこやかな顔のまま小さな声で、残念そうに呟《つぶや》いた。

「きみは人気者だからね。ふたりきりでは、なかなか話ができない」

人気があるのはアルベリク殿下だ。

彼がいない茶会や舞踏会でも「アルベリク殿下は美しいだけでなくお人柄もいい」だとか「アルベリク殿下がいてくださるからこそリトレ国は栄えているのだ」と話している人を必ず見かける。

殿下の悪口を言う人なんて存在しないと思うくらいの人気ぶりだもの。

彼を崇拝している人も大勢いる。アルベリク殿下は老若男女、皆に慕われているのだ。

「ミレイユ、またあとで。クリスたちが到着したら一緒に出迎えてほしい」

クリスというのはクリストフ殿下の愛称だ。アルベリク殿下にとってクリストフ殿下は甥《おい》に当たる。

「それにきみと話したいことが、たくさんあるんだ」

長い指の先がわたしの頬《ほお》を掠《かす》める。

触れられたのはほんの少しだったというのに、頬が凄《すさ》まじい熱を持ってしまった。

わたしは頬に手を当てて、歩きはじめた彼のあとを追う。

アルベリク殿下にそんなおつもりはないのだろうけれど、翻弄されてしまう。

いつまでもぼうっとしていてはだめだわ。

ガゼボのあるこの場所は、公爵邸の玄関前からだと小道を通らなければ来られなかったけれど、茶会が催されている庭からは、木々を抜ければすぐのところにあった。

声をかけてきた男性と話をしながら、わたしたちは人の輪の中へ入っていく。

ソニエール公爵邸の茶会や舞踏会はいつも和やかだ。

私利私欲を持った多くの貴族が集まる場だから、もちろん探り合いはあるものの、嫌味《いやみ》を言ったり悪言を吐いたりする人はほとんどいない。

それはひとえにアルベリク殿下の人望ゆえに、だ。彼が主催している茶会で、その顔に泥を塗るような真似《まね》をする者はいない。

わたしも同じだ。

国政にもお忙しい殿下が、貴重なお時間を割いて催してくださっているのだから。

一招待客として場の空気を乱さないのはもちろんのこと、浮かない顔をしていたり、会話に入っていけない人がいたりしたら、それとなく話しかけてみることにしている。

身分や立場の違いを認識しつつ、だれに対しても付かず離れずの、適度な距離感の会話を心がけている。

大切なのはやっぱり信頼関係だと思う。そうして多くの言葉を交わして情報交換していけば、皆とウィンウィンの関係を築いていける。

間もなくして、マノン様とクリストフ殿下が到着なさった。

わたしとアルベリク殿下は揃ってふたりを出迎える。

マノン様は、クリストフ殿下のお召し物によく合った淡い水色のドレスを着ていらっしゃる。どこからどう見ても、よくお似合いのふたりだ。

「ふたりともよく来てくれたね」

アルベリク殿下が言うと、クリストフ殿下は「ああ」と短く答えた。

マノン様は「お招きいただきありがとうございます」と言ったあと、庭のフリージアを見まわした。

「素敵なお庭ですわね！」

あまり感情が表に出ないマノン様なのだけれど、心底感動なさっているのか、アルベリク殿下に満面の笑みを向けた。

とたんにクリストフ殿下がむすっと、不機嫌そうな顔つきになる。

「リトレ王宮のほうがいい」

クリストフ殿下は最近、アルベリク殿下と張り合うような言動が多い。

いまのは、マノン様がアルベリク殿下に笑いかけたから？

やきもちだろうか。

なんにしてもクリストフ殿下が怒ったような表情をしているので、マノン様は顔を真っ青にしている。

一気に重いムードが漂う。

「クリス、マノン嬢。美味《おい》しいお菓子をたくさん用意しているよ。どうぞこちらへ」

明るい調子でアルベリク殿下が言った。

クリストフ殿下はまだ機嫌が悪そうだけれど、アルベリク殿下の案内で歩きはじめた。マノン様はその後ろについていく。

わたしもまたアルベリク殿下の斜め後ろを歩いていると、小声で話しかけられた。

「私のことは気にしなくていいから、マノン嬢に『リトレ王宮の庭がいちばんだ』と褒めるよう、折を見て伝えて。もちろん彼女が、この庭のほうがいいと思うのなら無理にそう言う必要はない」

アルベリク殿下はいたずらっぽくウィンクした。

わたしは小さく頷いて、機会を窺う。

皆で円いガーデンテーブルを囲んで着席した。わたしとマノン様が隣同士、その向かいにアルベリク殿下とクリストフ殿下、という配置だ。

目の前のケーキスタンドには色とりどりのフルーツタルトが並べられている。わたしたちはそれぞれタルトを食べて紅茶を飲んだ。すべてが美味しくて心が安らぐ。

「そういえばクリス、例の件だけれど――」

アルベリク殿下が、クリストフ殿下に国政の話を振った。わたしとマノン様は話題についていけない。

わたしはちらりとアルベリク殿下を見た。すると、にこやかに目配せされた。

アルベリク殿下はわたしとマノン様に内緒話をさせるために、込み入った国政の話を始められたのだわ。

「マノン様、じつは――」と、小さな声で話を切り出す。アルベリク殿下からのアドバイスを、マノン様にそのまま伝えた。

マノン様は少し緊張した面持ちで頷いた。

それから、アルベリク殿下の誘導で話題はふたたび庭の花々へと移る。

ごく自然な流れで、アルベリク殿下がマノン様に「どこの庭がいちばんいいと思う？」と尋ねた。

「わたくしにとってはやっぱり、リトレ王宮のお庭がいちばんでございます」

マノン様が、少しだけ声を震わせながら言った。

クリストフ殿下はとたんに晴れやかな顔になる。

「いや、まあ――この庭だって美しいがな」

ご満悦といったようすのクリストフ殿下を見て、その場にいた一同が安堵の笑みを浮かべた。

フリージアを見て楽しみながら話に花を咲かせていると、頭上の太陽はどんどん傾いていった。

茶会がお開きとなり、ゲストたちが帰り支度を始める。

まずいちばんにマノン様とクリストフ殿下を見送った。

わたしには迎えの馬車がこない。手紙で打診されたとおり、今夜は公爵邸に宿泊する。だからわたしは、ゲストたちが帰ったあと、メイドたちの後片付けを邪魔にならない程度に手伝って過ごした。

こういうとき、メイドたちには応接間で待つように言われるのだけれど、皆が忙しくしているのになにもせずじっと待っているのは性に合わない。

茶会の後片付けは見るからに骨が折れるから、少しでもなにかしたくなる。大した手伝いにはなっていないから自己満足だけれど、こうして体を動かすのも楽しい。

庭がすっかり片付くころに、玄関先でゲストたちの見送りを終えたアルベリク殿下が戻ってきた。

「ありがとう、ミレイユ。茶会の片付けを手伝ってくれたんだね」

「はい、微力ながら」

「そんなことないけれど――そうだな、次からは私と一緒にゲストたちの見送りをしてもらおう」

「え……」

どう答えればよいのかわからない。

だってそれは、主催者側の人間がすることだもの。

マノン様とクリストフ殿下を出迎えたのだって本当は差し出がましいことだけれど、わたしはマノン様と関わりがあるから――取り巻きモブだから――周囲も大目に見てくれることだろう。

いくらわたしが時間を持て余しているからといって、さすがにゲストの見送りをするのは、皆から調子に乗っていると思われかねない。

ご冗談、かしら？

殿下はいつもどおり優美なほほえみを浮かべている。わたしは笑みを返すことしかできなかった。

「ねえ、ミレイユ。きみが来てくれた茶会はいつも格段に評判がいいよ。見送りをしているあいだずっと、皆が満面の笑みで『楽しかった』と言っていた」

そっと手を取られた。大きな手のひらに握り込まれる。そのうえ、まっすぐに見つめられるものだから、ドキドキしすぎて固まってしまう。

「きみがいつもまわりをよく見て、気遣ってくれるおかげだね」

なにか言わなければと思うのに、触れ合っている手が熱くなるばかりだった。

「だからお礼をさせてほしい。きみが疲れているのでなければ、街へ出ない？」

ぎゅっと、彼の手に力がこもるのがわかった。

わたしは夢見心地のまま「ありがとうございます、喜んで」と答えた。

アルベリク殿下と街へ出かけるなんて、本当――夢みたい。

茶会のあいだはあまり話ができなかった。彼と一緒にいるとドキドキして緊張するけれど、嬉しい気持ちのほうが大きい。

こんなチャンス、めったにないわ。

楽しまなければ損である。

「よかった。行こう」

アルベリク殿下はわたしの手を放すことなく、握り込んだまま歩きはじめる。

「あ、あの……殿下？　手を繋《つな》いでいただくのは、わたしは嬉しいのですけど、殿下の外聞が悪くなられるといけませんので放していただけますか？」

単純に「手を放して」と言うのでは失礼だし、彼の気を悪くしてしまうかもしれないので正直に話した。

ところが殿下は手を放さず、歩みも止めず朗らかに笑う。

「私もきみと手を繋いでいるのは嬉しい。だからこのままで」

ソニエール公爵家の正門を抜け、リトレ王宮の広い道に差しかかる。

行き交う衛兵や侍女、侍従たちが、アルベリク殿下を見ては敬礼する。殿下はわたしと繋いでいないほうの手を軽く挙げて、彼らに応えていく。

「そうだ、腕を組んで歩くのでもいい。どっちにする？」

腕を組んだらもっと彼との距離が近くなってしまうし、それこそ周囲に誤解される。わたしは殿下の恋人でもなんでもないのだ。

「このまま手を繋ぐほうで……お願いします」

「そう――わかった。腕を組むのは次に取っておく。約束だよ」

そうして手の繋ぎ方が変わる。指を絡められ、ちょっとやそっと力を入れたくらいでは解けないくらい、がんじがらめになる。

もとより振りほどくつもりはないけれど、それまでの繋ぎ方よりも親密な感じがする。

これはこれで、どうなのだろう。

戸惑うわたしをよそに、殿下はずっと楽しそうだ。足取りは軽く、ときおりわたしに優しい眼差《まなざ》しを向けてくださる。

嬉しくて、幸せな気持ちになって、ほかのことが考えられなくなりそうだった。

王宮を出てすぐの大通りには王侯貴族御用達《ごようたし》の店がずらりと軒を連ねている。

店の看板やショーウィンドウを見ているだけでも心が弾む。

通りを進んでいると、オルゴールの柔らかな音が聞こえてきた。アルベリク殿下は音のするほうへ歩く。

オルゴールの専門店だわ。

あらかじめ決めていたのか、殿下は迷いなく店の中へ入った。

店内にはスタンダードな箱形のオルゴールのほかに、卵の形をしていたり動物の形をしていたりと、さまざまな種類のものが並べられていた。

いずれのオルゴールもダイヤモンドやルビー、アメシストやエメラルドなど、随所に宝石が使われている。

「ここのオルゴールに使われている宝石はコルトー伯爵領で採れたもの、だね？」

「はい、そうです。このお店は伯爵家の取引先です」

「ああ、やっぱり……」

アルベリク殿下は銀の髪を揺らして、申し訳なさそうに首を傾《かし》げる。

「ごめんね。デートなのに、取引先の視察のようになってしまう」

王都の店で取り扱われている宝石のほとんどがコルトー伯爵領で採れたものだ。

「伯爵家で採れたものがこうしてお店に並んでいるのを見るのは嬉しいですから」

そう答えたあとで、殿下が「デート」と言ったことに気がついた。

これって、デート……なの？

頭の中で「デートとは」と考えはじめる。辞書で調べたいくらいだった。

一般的に恋人同士が行うものだという結論に至ったわたしは、急にそわそわして落ち着かなくなった。

ああ、どうしよう。

嬉しいのに気恥ずかしくて、心も体もふわふわと浮いているような気分になる。

「ミレイユはこういったものに不自由していないだろうけれど、きみに贈りたい。どれでも好きなものを、好きなだけ選んで？」

「あ……ありがとうございます。お気持ちだけ頂戴いたします」

「そう言うと思った。でもだめだよ。私はお礼がしたいんだ」

両手を握り込まれ、見つめられる。秀麗な眉には少し皺《しわ》が寄せられている。殿下の真剣な気持ちが伝わってくる。

「では――お言葉に甘えさせていただきます」

内心、慌てふためきながらも言葉を絞りだした。

これはもはや、一世一代のご褒美だ。

憧れのアルベリク殿下に両手を握られて、好きなものを買ってもらえるなんて――。

幸せを噛《か》みしめつつ、わたしは店内に目を向ける。

オルゴールに使われているのはいずれも実家の伯爵領で採れた宝石だから、愛着もある。

どれも素敵で目移りする。

「ひとつに絞らなくてもいいんだよ」

「は、はい」と答えつつ、いくつも所望するのは心苦しいので、ひとつだけだ。

そんなわたしの考えを見透かしているのか、アルベリク殿下は困ったように笑って「ゆっくり選んで」と言った。

わたしは店内のオルゴールを端から端まで見まわす。

「この……クマのオルゴール。すごくかわいいです」

店員の男性がオルゴールのぜんまいを巻いてくれる。ポロンポロンという軽快な音に合わせて、背中に羽が生えた陶製の白いクマがくるくると踊りはじめた。

「音楽も動きも素敵……！」

つい感嘆の声を上げてしまった。

「ではこれを」

すかさずアルベリク殿下がオルゴールを買い上げてくれる。

わたしは「ありがとうございます」と、深く頭を下げた。

「ほかには？」

「もう充分でございます」

殿下はふたたび「そう言うと思った」と呟いて苦笑した。

「では次の店へ行こう」

あらためて手を繋ぎ、オルゴール店を出る。指と指を絡め合わせる繋ぎ方なのは相変わらずだ。そしてこの繋ぎ方に、慣れてきてしまっていることが少し怖い。

だって、あたりまえのことではないもの。

お礼をさせて——と殿下はおっしゃっていた。だから今日だけ、特別なのだわ。

しみじみとそう思いながらアルベリク殿下についていく。

次に立ち寄ったのは髪飾りを扱う店だった。

「いらっしゃいませ。どうぞどれでもお手に取って、ご覧くださいませ」

女性店員の言葉どおり、殿下はさっそく髪飾りを手に取った。リボンの中央にサファイアが据えられた髪飾りを、頭にあてがわれる。

「うん、似合う。こっちはどうかな」

そうして殿下はわたしの頭に髪飾りをあてがっては「これもいい、全部きれいだ」と賞賛する。

「ミレイユは可憐《かれん》だから、なんでも似合うね。きみの好みは？」

「わたしは……最初の髪飾りがいちばん好きです」

殿下の瞳と同じサファイアの髪飾りが、好き。

わたしの気持ちが伝わったのか、アルベリク殿下は嬉しそうに目を細めた。

殿下がサファイアの髪飾りを買ってくれる。贅沢《ぜいたく》の極みだ。

「アルベリク殿下、もう充分すぎるほどお礼をいただきました」

髪飾りの店を出るなり言った。そうでなければこのままずっと買い物が続いて、殿下に浪費させてしまいそうだ。

「ミレイユは無欲だね？　もっと甘えてくれていいのに」

わたしは無欲では、ないわ。

欲しいものはある。目には見えないけれど、喉から手が出るほど欲しい。

そのために、社交に勤《いそ》しんでいるといっても過言ではない。

「いいえ……。わたしは不躾《ぶしつけ》なほど殿下に甘えております」

すると、人目も憚《はばか》らず正面から腰を抱かれた。

「殿下⁉」

なぜ腰に腕を回されているのかわからず、混乱する。

「……もっとだ。もっと甘えられたい」

どこか憂いを帯びたほほえみだった。

その麗しさは国宝を越えて、世界級の宝物にすら思えてくる。

「わがままを言ってみて？」

優しい口調で命じられたわたしは「え、ええと」と言いよどみながらも「わがまま」を考える。

「もう少しだけ……殿下とご一緒させていただけたら嬉しいです」

「もちろん、そのつもりだよ」

「ありがとうございます」

「いまのが、きみのわがまま？」

わたしが「はい」と頷けば、アルベリク殿下は片手で口を押さえて、悩ましげに息をついた。

「かわいすぎて、片時も離したくなくなる」

腰にまわされたままだった彼の片腕に力がこもる。

「ミレイユはまっすぐで、謙虚で、気取らないよね。こんなにかわいくてきれいなのに」

頬を撫《な》でられた。いまだかつてないくらいに顔が熱を持つ。

いまわたしに起こっている出来事はすべて夢か妄想なのではないかと、本気で疑ってしまう。

「真っ赤だね？」

その言葉で現実に引き戻された。殿下はうっとりとしたようすで笑っている。

顔が赤いと言われたら、よけいにそうなってしまう。自分では顔色をコントロールできない。

「アルベリク殿下が、たくさん褒めてくださるので……その、恥ずかしくなってしまって」

「恥ずかしがり屋さんだね、ミレイユは。けれど私は褒めているというより、思ったことを言っているだけだよ」

いよいよ返す言葉に困り、彼のことをただ見上げるだけになる。

「私の言葉はお世辞でも社交辞令でもないと、わかってもらいたいな」

わたしは何度も頷く。もうずっと、どうしようもないくらい顔が熱い。

「もうすぐ夕暮れだ。高台へ行こうか」

高い場所へ行って風に当たれば、熱くなりすぎている顔も冷めることだろう。

大通りから脇道へ逸れて、緩い坂道を上っていく。

「歩くのがつらくはない？」

「はい、平気です」

「そう。抱き上げて行くこともできるから、遠慮なく言って？」

わたしは「えっ」と声を上げて目を瞠《みは》った。

「その顔は、信じていないね？　これでも鍛えているんだよ」

アルベリク殿下は王弟という立場上、護身術に長《た》けていると聞いたことがある。だから
こうして、護衛なしで行動できるのだろう。

護身のために日々鍛錬なさっているのかも。

殿下はたしかに、細身ではあるけれどひ弱な感じはしない。

アルベリク殿下って、脱いだらすごい？

そんなことを考えてしまったあとで、自責の念に駆られる。殿下の裸を妄想してしまう
なんて、はしたないにも程がある。

わたしは『コルトー伯爵令嬢』なのだから。

気を引き締めたあとで「どのような鍛錬をなさっているのですか？」と質問した。

「ん、興味があるの？　じゃあ今度、一緒にしよう」

「楽しみです」

アルベリク殿下は「次」の約束をたくさんしてくれる。以前からそうだ。そしてそれを必ず実行なさる。

有言実行のお方。かっこいいと、いつも思う。

「私も楽しみだ。ミレイユと一緒になにかするのは——こうして歩いているだけでもわくわくする」

歩みを止めて、殿下がわたしのほうを向く。

「私はいま、すごく浮かれているよ」

殿下は、わたしの心臓をどれだけ撃ち抜こうとなさるの。

坂道を上れば頬の熱が冷めると思っていたけれど、そんなことはない。それどころか、過熱状態だ。

頭の中が沸騰しそう……！

「ミレイユ？　すまない、歩くのが速すぎたね。顔が、もっと赤くなっている」

「これは……あの、大丈夫ですから。わたしも、浮かれております」

わたしが言うと、アルベリク殿下は眩《まぶ》しいくらいの華やかな笑みになった。

手を握りなおされ、ふたたび坂道を上りはじめる。

見晴らしのよい高台に着く。茜色《あかねいろ》に染まった空の下にはリトレの王都が広がっていた。

山の向こうに沈んでいく夕陽の美しさに目を奪われる。

熱いままの頬に手を添えられた。彼のほうを向く。アルベリク殿下は微笑しているけれど、どこか緊張感が漂っていた。

柔らかな夕陽がアルベリク殿下の銀髪に彩りを足している。今度は夕陽ではなく、彼に目を奪われ魅了される。

「きみに会うたび、きみのことが欲しい気持ちが膨れ上がる。もうこれ以上――抑えられない」

切なげに眉根を寄せて、アルベリク殿下はわたしの両手を大きな手のひらで包む。

彼が息を吸うのがわかった。

「私の婚約者になってほしい」

わたしは瞬《まばた》きもできず、息をするのも忘れそうになった。

婚約者――わたしが、アルベリク殿下の？

嬉しい。けれど、手放しには喜《ひ》べない。

アルベリク殿下には惹かれている。必死に考えないようにしてきたけれど、ことあるごとに「ああ、好き」だと思ってしまう。

「次の茶会では一緒に見送りを」と言っていた殿下の意図がやっと掴《つか》めた。

婚約者、ひいては公爵夫人となれば、アルベリク殿下と一緒にゲストたちの見送りをするのも頷ける。

彼の婚約者になるということは、王族の仲間入りをするということ。

そもそもアルベリク殿下は雲の上の存在だ。雲の上に行くことなんて、並の人間には想像できない。

わたしでは分不相応なのではないか、釣り合わないのではないかという心配。そしてほかにも懸念がある。

思い悩むわたしを見おろして、アルベリク殿下は穏やかな口調で問いかけてくる。

「きみがこれまで婚約者を作らなかったのは、クリスとマノン嬢のことがあるから？」

いきなり核心を突かれてドキリとする。

そう――わたしには、マノン様とクリストフ殿下の仲を取り持つという使命がある。それを全うするまでは正直、自分の結婚どころではないのだ。

「マノン嬢はミレイユの幼なじみだったね。彼女はきみをとても頼りにしているようだ」

わたしは頷いてから口を開く。

「いまはマノン様のことで頭がいっぱいでして、自分のことにまで気が回らないのです」

「友人思いなんだね。けれど……妬《や》けるな」

一歩、彼が踏みだす。わたしと殿下の距離が近くなる。

「私のことで頭をいっぱいにしてほしくなる」

なんてことをおっしゃるの。

少なくともいまは、アルベリク殿下のことしか考えられない。

「殿下……」

声が震えてしまった。彼の気持ちが嬉しいのに、どう応えればよいのかすぐには結論を出せないせいで泣きそうになる。

「ごめん、困らせたいわけじゃない」

握り込まれている両手を、宥《なだ》めるようにゆっくりと摩《さす》られる。

「以前はクリスには別の令嬢がふさわしいのではないかと思っていたのだけれど」

困ったように笑って、アルベリク殿下は言葉を足す。

「いまは、クリスとマノン嬢がうまくいけばいいと、私も思っているよ」

彼もわたしと同じ考えだとわかってほっとする。だからこそ先ほどのお茶会でもわたしとマノン様にアドバイスをくださったのだろう。

クリストフ殿下の相談役であるアルベリク殿下に反対されてしまったら、わたしは手も足も出ない。

「ふたりを支援する上で、きみは私の婚約者という立場であったほうがさらにやりやすくなるのでは？」

もっともな提案だ。

両手を彼の顔のほうへ軽く引っ張られる。

指先に、キスを落とされた。

「私を選んで、ミレイユ。絶対に後悔させない」

両手を握られているのでなければ、その場に崩れ落ちていたかもしれない。

熱烈な言葉と仕草に、くらくらしてくる。

やっぱり、好き――。

このままずっと彼のそばにいたい気持ちが膨れ上がる。

わたしは息を整えて、アルベリク殿下の熱い眼差しに応える。

「はい、殿下。謹んでお受けいたします」

とたんに彼は破顔した。そんなふうに笑っているのを初めて見た。

屈託のない笑みもまた麗しくて、胸の高鳴りが大きくなる。

「ありがとう、ミレイユ」

アルベリク殿下はわたしの頬をむにむにと撫でまわす。

「あ、あのっ……殿下？」

「うん――ちょっと、確かめている。きみが、手の届くところにいるんだってことを」

殿下は感じ入ったようすで息をつく。

「嬉しすぎて、逆に……こうして触れていないと、実感が湧かない」

夕闇の中でも、サファイアの瞳は光を帯びているようだった。髪や頬を撫でられてドキドキする。でも心地がよかった。

前髪を退けられ、額にくちづけられる。

そうすることで殿下は、わたしの存在を「実感」なさっているのだろうか。

わたしにとっても同じだ。手や唇で触れられると落ち着かないけれど、彼の存在をありありと感じる。

気がつけば、太陽は完全に山の向こうへ隠れていた。

「すっかり暗くなってしまったね。戻ろうか」

手を引かれ、来た道を戻る。

王都の街路にはそこここにオイルランプが設置されているので、真っ暗ではない。

ソニエール公爵邸に戻ったあとは、すぐに食堂へ案内された。

長方形の食卓には白いテーブルクロスが掛けられていた。縁が水色のレースで飾られているので、おしゃれでかわいらしい。

食卓にはすでにグラスやカトラリーが置かれていて、食事の準備が調っていた。

「どうぞ、座って」

アルベリク殿下が自ら椅子を引いてくれる。わたしは恐縮しながら、ふかふかの椅子に腰かけた。

殿下は当主の席ではなくわたしの隣に座った。斜向《はすむ》かいに着席なさるものだと思っていたので驚く。

「少しでもきみのそばにいたいんだ」

殿下は柔らかなほほえみを浮かべている。

「ありがとうございます。嬉しいです」

間もなくして、給仕のメイドたちが夕食を運んできてくれた。

前菜からデザートまですべてに舌鼓を打つ。どの料理もきれいで、美味しかった。

お腹《なか》いっぱいになったあとは、夜の庭へ赴いた。

昼間は気がつかなかったのだけれど、庭には様々な色合いのランタンが置かれ、あたり一面が幻想的にライトアップされていた。

ランタンの明かりに照らされたフリージアは、昼間とは違う顔をしているように見える。

ガーデンチェアに座るなり、アルベリク殿下はティーワゴンの前でお茶の準備を始めた。

「ミレイユはそのまま座っていて」

手伝いを申し出る前に断られてしまった。

庭にはほかにメイドがいない。殿下が人払いをしたのだろう。

大人しく座って待っていると、円いガーデンテーブルの上に殿下がティーカップを置いてくれる。

カモミールのフローラルな香りが漂っている。

わたしは「ありがとうございます、いい香りですね」とお礼を言って、あらためて大きく息を吸い込んだ。

フリージアの香りも相まって、気分が華やぐ。

すごく癒やされるわ。

アルベリク殿下は夕食のときと同じくわたしの隣に着席した。

ふたりでカモミールティーを飲む。殿下のほかにだれもいないからか、ほっとする。

「今日、きみに泊まってほしいとあらかじめ手紙で伝えていた主目的は、これなんだ」

湯気がゆらめくティーカップを音もなくソーサーに戻して、アルベリク殿下は言い足す。

「ふたりきりで、夜のフリージアを眺めながら茶会がしたかった」

口元に手を当てて、少し気恥ずかしそうに殿下が言った。

そのようすを、なんだかかわいいだなんて思ってしまう。

「そんなふうに言っていただけて……光栄です」

アルベリク殿下のほほえみを眺めながら、温かなカモミールティーを飲んで、フリージアを眺める。悩みや心配事が吹き飛んでいくようだった。

もうどれだけ幸せを嚙みしめているだろう。

「ほら、見て。月がきれいだ」

長い人差し指が示すほうを見上げる。

空には正円の月が輝いていた。雲はひとつもない。

満月はずっと頭の上にあったはずなのに、色とりどりのランタンやフリージア、そして
アルベリク殿下に気を取られていて、まったく気がつかなかった。

まさに美の競演だ。わたしの目に映るすべてのものが、美しい。

アルベリク殿下の銀髪は、月光の下でも神々しいまでに煌《きら》めいている。

突然、びゅうっと音がするくらい強い風が吹いた。

「風が吹くと肌寒いね」

殿下はさっと立ち上がり、ティーワゴンの下段からブランケットを取りだした。

「一枚しかない。くっついて一緒に温まろう」

さらりと言われたものの、はいそうですねと二つ返事はできない。

「でしたらどうぞ、殿下がお使いください。わたしは平気ですので」

「私だけぬくぬくと過ごすなんてできないよ」

「ええと……そうだ、ブランケットをもう一枚、いただいてまいります」

席を立つと、アルベリク殿下に手首を摑まれた。

「そんなに、くっつきたくない？」

「ちっ、違います。でも……その、殿下とくっついているところを想像するだけで、体が熱くなってしまうので、ブランケットがなくても平気なのです」

思っていたことを正直に話した。

アルベリク殿下は、わたしにとって強すぎる熱源にほかならない。

月のような美しさを持った、太陽のようなお方。

美麗な外見の内側には、凄まじいエネルギーを持っていらっしゃる。この数時間で、わたしはそう感じた。

殿下はわたしの手首を摑んだまま「ああ」と声を漏らす。

「きみはかわいいことばかり言って、すぐに私を焚《た》きつける」

摑まれていた左手の薬指を、すりすりと小さく摩られる。

「きみの両親に話を通したら、すぐに指輪を贈る」

決意が滲んだような、真剣な眼差しを向けられた。

「まだ正式なものではないけれど、私たちは婚約した」

わたしの薬指に、殿下の親指と人差し指が絡まる。残りの指で、手の甲をぎゅっと摑まれた。

「ミレイユは、私の——近い未来の妻だ」

宣言されるとそれだけで、もう彼の妻になった錯覚に陥る。我ながら気が早すぎる。

「だから、ね？　こっちにおいで」

アルベリク殿下はガーデンチェアに座りなおして、わたしの手をくいっと引っ張った。

こんなふうに誘われてしまったらもう、断ろうだなんて気持ちにはならない。

とはいえ、ガーデンチェアには一人分しか座る場所がない。

「きみの席はここ」

優しくも力強い口調で指示された。殿下は自分の膝の上をぽんぽんと叩《たた》いている。

わたしは「失礼いたします」と言ったものの、なかなか腰を下ろすことができなかった。

殿下を下敷きにするなんて、本当にいいの？

どうしてもためらってしまう。

「遠慮しないで」

痺《しび》れを切らしたらしいアルベリク殿下に腰を抱かれ、膝の上に座らされる。

殿下の膝に、斜め横を向いて座っている状態だ。

小さな子どもにでもなってしまった気分だ。気恥ずかしい。

ふたりきりでほっとしていたはずなのに、いまはどうも落ち着かない。

どうかだれにも見られていませんように。

いっぽうでアルベリク殿下は、街でもそうだったけれど人の目なんて初めから気にしていないようすだ。

殿下は両手でブランケットを広げると、わたしの体にふわりと掛けてくれる。

「これでは殿下がお寒いでしょう?」

「そんなことないよ。きみが、温かい」

とたんに、彼の腕に抱かれている腰のあたりがじわりと熱を持った。

わたしとしてはもう、温かいのを通り越して熱いくらいだ。

トクトクトク……と胸が鳴る。

「……いや、やっぱり寒いな。もっと私のほうに体を寄せて」

ぐっ、と体を引き寄せられて、ますます密着した。

これ以上ないというくらい、アルベリク殿下に近づいている。

ここまでくっついたのなら、殿下にもブランケットを掛けてあげるべきだ。

わたしの肩に掛かっていたブランケットの端を、なんとかして殿下の肩まで掛ける。そうしてひとつのブランケットに包《くる》まった。

「ミレイユは優しいね」

耳のすぐそばで響く彼の声は心地いい。けれど同時に、むずむずとしたなにかを感じた。

心が逸《はや》るような、浮き立つような、不思議な感覚。

「……殿下のほうがお優しいです」

彼が笑う。その吐息が届くほど、わたしたちの距離は近い。

腰にあてがわれていた彼の右手が背中を撫《な》で上げて、首のところまでやってきた。

素肌に触れられたことで、びくっと体が弾む。

「私の手、冷たかった？」

「い、いいえ。少し、びっくりしてしまいました」

「そう」

アルベリク殿下はどこか意味ありげに笑みを深める。

「もっとたくさんミレイユに触りたいから、早く慣れてね」

わたしは「はい」と返事をしながらも、心中は穏やかではない。

たくさん触るって……どんなふうに？

まったく想像がつかないものの、それを殿下に尋ねるのもどうかと思う。

殿下は、月を見上げて眩《まばゆ》そうに目を細めていた。

夜の庭でふたりきりの茶会をしたあと、殿下の案内でわたしが泊まる部屋に行った。

そこはゲストルームではなく、いわば『公爵夫人』の部屋だった。アルベリク殿下の寝室が隣で、しかも内扉で行き来できるようになっている。

クローゼットにはデイドレスやナイトドレスがずらりと用意されていた。

「ドレスの類は既製品だから、きちんと採寸した上でもっと増やそう」

充分すぎるほどすでにたくさんあると思うのだけれど、公爵夫人となると体裁上、もっと必要になるのかもしれない。

「内装でも調度品でも、気に入らないところは改めるから、遠慮なく言って？」

「ありがとうございます。壁紙から家具の細やかな飾りまで、すべてが洗練されていてすごくきれいです」

気に入らないところなんてないのだと訴えてから、殿下に尋ねる。

「わたしを婚約者にとお考えになって、好みを訊いてくださっていたのですか？」

昼間だって、庭を気に入ったかどうか尋ねられた。あのときも、わたしの好みを把握なさろうとしていたのだろう。

「ミレイユの家になるのだから、きみが心地よく過ごせるのがいちばんだ」

耳の下あたりを手のひらで覆われる。今度は、それほど驚かずに済んだ。たくさん触れたいと、予告されていたおかげだろう。

「どんなことでも叶《かな》えてあげる。だからもう、このままこの家に住んでしまっては？」

わたしは「え」と短く答えて、何度も瞬きをする。

ご冗談？　それとも本気で？

「本気だよ」

殿下はわたしの心を見透かしていらっしゃる。

「お言葉はとても嬉しいのですけれど、両親に相談させていただいても？」

すると殿下は「真面目」と、呟いて笑った。

「湯浴《ゆあ》みするよね。手伝ってあげる」

またもや、冗談とも本気ともつかない発言だ。

「……ご冗談、ですよね？」

「どっちだと思う？」

「ご冗談——かと、存じます」

アルベリク殿下はにこにこしたまま、なにも答えない。

殿下が本気だったらどうしよう。

湯浴みを手伝ってもらうだなんて、恥ずかしすぎる！

わたしの困惑が伝わってしまったのか、殿下は「ごめん、困らせているね」と言った。

頭を軽く撫でられる。

「メイドを呼ぶから、ゆっくりしておいで」

殿下と入れ替わりでやってきたメイドたちに手伝ってもらい、別室で湯浴みを済ませた。

もとの部屋に戻ったあと、メイドたちは早々に部屋から出ていった。あらかじめ殿下に、湯浴みの手伝いが終わったらすぐに部屋を出ていくよう言われていたのだそうだ。

ノックの音がしたので「はい」と答えれば、アルベリク殿下が顔を出した。

「ゆっくりできた？」

「はい！　メイドの皆さんもとてもよくしてくださるので、至れり尽くせりでした。ありがとうございます」

殿下はなぜか複雑そうな顔をしている。

「……私が、至れり尽くせりお世話をしてあげたかった」

眉根を寄せていたアルベリク殿下だけれど、急にぱっと表情を明るくした。

「ああ、いまからでも遅くない。早々にメイドを下がらせてしまったから、きみの髪は私が梳こう。櫛はこれだね」

ドレッサーの前に置かれていた櫛を手に取ったアルベリク殿下は、わたしをスツールに座らせた。

「いいえ、殿下のお手を煩わせるわけにはまいりません。わたしの髪は癖がありますし、その……」

柔らかくて細い髪質だから絡まりやすく、扱いにくいのだ。

「わたし、自分でできますから！」

「だめ。ミレイユは私を見くびっているね？」

「見くびるだなんて、そのようなこと」

「では、いいよね。……触るよ」

先ほどメイドに丹念に拭いてもらったので、髪はすっかり乾いている。

わたしの髪に、アルベリク殿下が櫛を通していく。

そわそわする。なんともいたたまれない。

わけもなく笑いだしてしまいそうになるのはどうしてだろう。

あ——わかった。くすぐったいのだわ。

殿下は、優しく丁寧に髪を扱ってくれている。メイドのように手慣れていないからこそ、かえってくすぐったく感じるのだろう。

ちょんっと、うなじに殿下の指が当たった。

「んっ……」

おかしな声が出てしまい、慌てて口を押さえる。

ドレッサーの鏡越しに殿下のようすを窺う。アルベリク殿下は目を瞠ったあとで、にっこりと笑った。

「いまの声、もっと聞かせて?」

わたしは口を押さえたままぶんぶんと首を振る。

「どうして?」

「恥ずかしい……です」

「大丈夫、恥ずかしくないよ」

即座に肯定されたものの、かといってまた同じ声を出すのなんて絶対に無理だ。

「ミレイユは案外、頑《かたく》なだね」

うなじを指でつつつ——となぞられる。

「ひゃっ」

わたしが声を上げても——なおさらそうなのか——殿下は指を退けてくれない。上へ下へと何度も指を走らせて、肌を辿《たど》られた。

「やっ……だ、だめです。くすぐったいです……！」

それに、とてつもなく恥ずかしい。いけないことをされている気分になる。

わたしは必死に首を横に振り続ける。

「真っ赤になって……かわいい、本当に」

吐息混じりの声がやけに艶っぽくて、ドキッとしてしまう。

「きみがあんまり首を振るから、また髪が乱れてしまったよ？　梳きなおさなければ」

「う——お手数おかけします」

殿下は「やっぱり真面目」と、くすくす笑う。

ようやく殿下はうなじを指でくすぐるのをやめて、櫛で髪を梳くのを再開してくれた。

わたしはこっそり息をつく。

子ども扱いされているというか、からかわれているというか。

それでも、嫌な気持ちにはならない。

それだけ、彼のことが好きだから。

鏡越しにアルベリク殿下を見てみる。殿下は、楽しそうに手を動かしていた。

「さあ、できた」

殿下は自慢げに、わたしの髪を上から下へ指ですうっと撫でる。絡まっているところはない。

「ありがとうございました。殿下は万能でいらっしゃいますね」

「なんにでも興味があるから、なんでもやってみたくなるんだ」

殿下に誘《いざな》われるまま、ベッドへ歩く。

「きみが眠るまでそばにいさせて」

「わたしを寝かしつけてくださるのですか？」

「ん……そうだね。そういうことになるかな」

わたしがベッドに入ると、アルベリク殿下はベッドの端に腰かけた。

今日はずっと殿下のお世話になりっぱなしだ。

こんなに甘やかされていて、いいのかしら。

「あの、わたしにできることがありましたらなんなりとお申しつけください」

してもらうばかりでなく、わたしもなにかして差し上げたい。

「そうだな――じゃあ、おやすみのキスを受け入れてくれる？」

なにかしなければと意気込んでいたせいで、わたしは深く考えることなく「はい」と即答した。

おやすみのキスって……どこに？

頬か、あるいは額か。もしくは――唇？

ぼっ――と、わたしの中でなにかが爆発した。

「緊張してる？」

頷くことしかできない。

「そんな顔をされると、私も緊張してしまうな」

緊張なさっているようには見えないけれど……。

それにしてもわたしは、いったいどんな顔をしているのだろう。赤くなっているのはきっと間違いない。

アルベリク殿下はわたしに覆《おお》い被《かぶ》さるようにしてベッドに両腕をついた。

一気に距離が縮まったせいか、ますます緊張して固まってしまう。

夜の庭でも密着していたけれど、こうしてベッドで近づくのではなにかが違う。

密室だから？

それとも、アルベリク殿下が真剣なお顔をなさっているから？

「アメシストの瞳はいつも優しさで満ちているね」

一瞬、なんのことを言われているのかわからなかった。

わたしの紫色の目を、殿下はアメシストに喩《たと》えていらっしゃる。

「その優しさについ、私は甘えてしまう」

「甘えて……いらっしゃいますか？」

とてもそうは思えないので尋ね返した。

「忙しいきみを、たびたび呼びつけている」

「喜んでお伺いしております。フリージアは本当にきれいで癒やされましたし、皆さんとお話ができて楽しかったです」

また「客観的な評価」だと言われないよう、できるだけ具体的に言った。

それが彼にも伝わったのか、アルベリク殿下はおかしそうに笑っている。

「ふふ……ありがとう。私のために一所懸命、言葉を選んでくれているね」

左の頬を、大きな手のひらでじっくりと撫でられた。

「健気《けなげ》でひたむきなミレイユ。大好きだよ」

わたしの唇が小さく震える。

嬉しすぎて、幸せすぎて本当に現実なのだろうかと疑いたくなる。

このまま幸せな結末を迎えることができれば、どれだけいいだろう。

わたしがいちばん欲しいものは、努力した者が報われるハッピーエンドだ。

どれだけ頑張っても、報われないこともあると知っているから。

決められた道筋――運命には抗《あらが》えないかもしれないと、不安だから。

つい泣きそうになってしまう。

「ミレイユ？　どうしたの、そんなに瞳を潤ませて――」

目元に指をあてがわれる。

「わたし……その、幸せで……だから」

とりとめのない言い方だ。しっかりしなくてはと思うのに、うまく言葉が出てこない。

「うん――」

唸《うな》るように相槌《あいづち》を打って、アルベリク殿下は切なげにほほえむ。

目の前が少し暗くなる。

銀糸のように煌めく滑らかな髪が肌を掠める。

頬に殿下の唇が当たる。ちゅっ、と水音がした。

「おやすみ、ミレイユ」

「……はい。おやすみなさいませ」

わたしは上の空で答えた。

おやすみのキスは、唇にでは——なかったわ。

唇にキスしてもらうのを期待していたと自覚する。

恥ずかしい……！

いましがたくちづけられた箇所に、殿下の右手が添う。

「眠る前で体温が上がっているのかな。まだ顔が赤い」

わたしは何度も頷くことで、恥ずかしい気持ちをごまかした。

第二章　ジャルダンと舞踏会

頬を紅潮させたまま眠ってしまったミレイユを、アルベリク・ソニエール・リトレはひたすら眺めていた。

無防備な寝顔だ。

むにゃむにゃと唇を動かしているのが愛らしい。つい、いたずらしたくなる。

鮮やかな薄桃色の唇を、指でそっと突いてみる。

「んん……」

ああ、唸《うな》り声《ごえ》もかわいい。

ミレイユの唇は柔らかくて、しっとりしている。

指ではなく唇で触れたくなったが、こらえた。

唇へのキスは、ミレイユが私にはっきりと想《おも》いを返してくれるまで我慢する――と、決めている。

嫌われてはいないと感じる。好意的だ、たぶん。控えめなミレイユだから、自分の気持ちを言葉に出せないだけなのかもしれないとも思う。

だが無理に聞きだすようなことはしたくない。彼女が自然と、気持ちを伝えたくなるまで辛抱強く待つつもりだ。

――いや、あまり我慢できていない部分もある。

先ほど庭で一緒にハーブティーを飲んだときは、ブランケットをあえて一枚しか準備しなかった。

はじめからべったりミレイユにくっつく気だったと、彼女はわかっただろうか。

湯浴みの手伝いにしても、本気だった。

冗談ですよね――と言われたから、諦めたにすぎない。

ミレイユのすべてを見て、触れて確かめたかった。

それは好奇心なのか征服欲なのか。

どちらにせよ、ミレイユが嫌がることはしたくない。

晴れて婚約できたわけだが、ミレイユはレディとしてきちんと一線を引こうとしている。

それを私は、自分のわがままで飛び越えようとしている。

紳士的に振る舞いたいのに、自制できない。

ミレイユはしっかりしているから、かえって崩してみたくなる私はきっと意地が悪いのだろう。

決していじめたいわけではなく、ただただ——愛《いと》しい。
大好きで、愛しくて、なんでもしてあげたくなる。必要以上に世話を焼きたくなる。
すやすやと眠るミレイユのすぐそばに、ごろんと寝転がってみる。
一夜を共にするのは、挙式が終わってからだ。
わかっている。
もうあと少し彼女の寝顔を眺めたら、部屋を出ていこう。
ミレイユの頭を撫でようとしていると、彼女がごろんと寝返りを打った。
急に顔の距離が近くなる。ドクッと疼《うず》いたのは、心臓だけではない。
透き通るような白い頬に手を伸ばす。柔らかく、滑らかな肌ざわりを堪能する。
ほんの少しでも私が動けばぶつかってしまいそうな位置に、魅惑的な唇がある。
下腹部から、熱がせり上がってくるようだった。
これは、試されている。自制心との戦いだ。
私は深呼吸をして目を瞑《つぶ》ることで、欲望に抗った。

＊＊＊

ソニエール公爵家からコルトー家へ戻ったわたしはすぐ両親に、アルベリク殿下から婚約の申し入れがあったことを話した。

両親は少しも驚かなかったのでわけを訊くと、あらかじめアルベリク殿下から手紙で、わたしとの婚約を打診されていたらしい。

ただ、婚約のことをわたしに伝えるのは「手紙ではなく面と向かってがいい」と殿下から頼まれて、秘密にしていたとのことだった。

わたしは朝の日課である手紙の確認を終えたあと、アルベリク殿下に買ってもらったオルゴールをかけてみた。

明るい音楽に合わせて踊るクマを眺めながら、昨日の出来事を思い起こす。

嬉しいこと、楽しいことがぎゅっと詰め込まれていた。

まさにご褒美イベント、だったわ。

思いだすだけでもうっとりするのと同時に、幸せすぎて空恐ろしくもなる。

これから何事もなく安穏なハッピーエンドを迎えられるとは、どうしても思えない。

自身が悪役令嬢マノン様の取り巻きモブだということを思いだしたのは十四歳のとき。

ひとつ年下の幼なじみ、マノン様がほかの令嬢に心無い言葉をかけているのを見て、前世の記憶が蘇《よみがえ》った。

王太子クリストフ殿下の婚約者であるマノン様は、春の到来を祝う花実祭《かじつさい》で登場する天ジャのヒロイン、イネスさんにクリストフ殿下を盗《と》られてしまう。

それでマノン様は、イネスさんを殺そうとする。

そしてそれに加担した罪で、マノン様共々死刑になるというのが――取り巻きモブ、ミレイユの運命なのだ。

天ジャのシナリオでは、ミレイユはマノン様をひたすら悪いほうへ誘導していた。

マノン様は悪役令嬢だけれど、あまりはっきりと自分の考えを持っておらず流されやすいタイプだから、ミレイユに唆されてしまったのだ。

そう考えると、本当の悪役令嬢はマノン様ではなく『ミレイユ』なのかも。

どちらにせよわたしは、ミレイユであってそうではない。

前世の記憶を取り戻した十四歳以降、本来のミレイユとは異なる人格になっている。

社交界デビューする前に天ジャのシナリオを思いだすことができたのはよかった。

前世ではコンサルティング会社に勤めていたわたしなので、マノン様が悪行に手を染めるのではなく善い行いをなさるよう支援することにした。

最大の目標は、マノン様がクリストフ殿下から婚約破棄を言い渡されず、無事に結婚して王太子妃になってもらうこと。

わたしは破滅のシナリオを変えるべく、これまで地道に努力してきたつもりだ。

そしてこれからも、その努力を怠らずにしていこうと思っている。

オルゴールの音が止まり、陶製のクマが動かなくなる。

クリストフ殿下ルートに登場するアルベリク殿下は本来、マノン様を追い詰めるという役回りだ。

アルベリク殿下だけは絶対、敵に回したくないわ。

彼は頭が切れるだけでなく、武具を必要としない護身術はピカイチなのだと、天ジャの中で説明されていた。

クリストフ殿下にとってアルベリク殿下は文武両道の、強力な味方だ。実際、彼らはとても仲がよいのだと人づてに聞いたことがある。

権力者であり、人望も厚いふたりから追い詰められたら——と思うとぞっとする。

わたしは寒気を覚えて、ぶるりと体を震わせた。

昼を過ぎたころ。

マノン様とクリストフ殿下のデートプランを練るため伯爵家の図書室で調べ物をしていると、階下がいつになく騒がしくなった。

なにかあったのかしら。

そばにいたメイドも「騒がしいですね」と呟く。

わたしは扉を開けて廊下に出たあと、あたりを見まわす。廊下の向こうから、メイドが小走りしてきた。

「お嬢様、アルベリク殿下がお見えになりました」

息を弾ませているメイドに「まあ、そうなの。報《しら》せてくれてありがとう」と返す。

アルベリク殿下が、コルトー伯爵家に⁉

会う約束はしていなかった。そもそも殿下がわざわざこの屋敷に来るということ自体が異例だ。

動揺しているのをひた隠しにして廊下を歩く。淑女たるものいつも冷静に、である。

殿下のことは、両親が先にもてなしているのだとメイドから聞いた。

わたしは応接間へ急ぐ。

図書室は屋敷の北側、しかも三階にある。だから南に面した一階の応接間までは、かなり遠い。

廊下を走るわけにはいかないので早歩きだ。

応接間の扉をノックして名乗ると、すぐに扉が開いた。

アルベリク殿下は両親の向かいのソファに座って紅茶を飲んでいた。

忙しい公務の合間を縫って来てくださったのだろう。

今日の殿下の装いは、ゲーム内でクリストフ殿下の相談役として端のほうに描かれていたときの正装に似ている。

画面の端にいても、アルベリク殿下の存在感は凄まじかったし、いちばん輝いて見えた。

前世からずっと、彼と話がしたいと思っていた。アルベリク殿下はやっぱりわたしの最推しだ。

「ミレイユ」

アルベリク殿下はティーカップをソーサーに戻して立ち上がり、わたしのすぐそばまで歩いてきてくれた。

「ごきげんよう、アルベリク殿下。ご多忙の折、お越しいただき恐縮でございます」

片膝を折り、頭を低くして淑女の挨拶をする。

「いや、急に訪ねてきてしまってすまない。会えて嬉しいよ」

手を取られ、そのままぎゅっと握り込まれた。

画面の向こう、雲の上の存在だったアルベリク殿下と言葉を交わすことができる。

それだけでも感動的だ。

こうして手を握られているなんて、もはや感涙ものだ。

それなのにわたしが――殿下の婚約者。

もうすべての幸運を使い果たしてしまったのではないかとすら思えてくる。

アルベリク殿下と結婚すれば百人力なのは間違いない。破滅の未来からはきっと遠ざかることができる。

けれど、ここが乙女ゲームの世界である以上、どれくらいシナリオの強制力が働くのか未知数だ。

　この世界に魔法はないものの、シナリオを大きく左右するものとして、攻略対象キャラクターとの好感度が一時的に急上昇するチートアイテムが存在している。

　それは、ゲームタイトルにもなっている『ジャルダン』。

　この世界の言葉で『庭』という意味のジャルダンは、エメラルドの異名だ。緑色の内包物が、葉の生い茂る庭のように見えることから、そう呼ばれている。

　じつはこのジャルダン、すでにわたしがゲットしている。

　もともとよりジャルダンはコルトー伯爵領内にあった。いくつもの罠《わな》が仕掛けられた崖の上に安置されていたのを、だれにも内緒で取りにいった。

　罠の場所を熟知していなければ命の危険があったことから、ひとりで崖のスロープを登ってジャルダンを手に入れた。

　命がけで手に入れたジャルダンだけれど、一度使用すれば効力を失う。

　ジャルダンは大粒のエメラルドだ。そこに意中の相手の名前を書いて、所持していれば一時的に好感度がアップする。

　このチートアイテムをマノン様に渡すことも、少しだけ考えた。

　けれど効果はごく短い時間で、麻薬のようなものだから、やっぱりマノン様自身がクリストフ殿下に気に入られて、仲を深めていくことが大切だ。

かといってチートアイテムを捨てたり壊したりするのもどうかと思って、ジャルダンはいざというときのためにとっている。

ジャルダンは伯爵家の金庫ではなく私室に保管している。崖の上へ取りにいったときと同じで、ジャルダンを所持していることも周囲には秘密だ。

どこで手に入れたのかと詮索されては困るし、そもそもなぜその存在を知っているのかと疑問に思われてしまう。

そうなると、前世の記憶を話さなければならなくなる。それは避けたい。わたしに妙な噂《うわさ》が立ってしまったら、マノン様にまで悪い影響を及ぼしかねない。

ジャルダンが特別な石だということは、絶対に隠し通さなければ。

そういうわけでジャルダンは、小さなジュエリーボックスの中に入れて私室の棚に置いている。

金庫に入れることも考えたけれど、そうなると父に怪しまれる。そんなに大切になにを隠しているのか、と。

「――ミレイユ、いつまで殿下を立たせているつもりだ。座りなさい」

父に言われたわたしは、はっとして目を見開いた。

せっかく殿下が来てくださっているのに、よけいな考え事をしてしまったわ。

非礼を詫《わ》びようとしていると、アルベリク殿下が先に口を開いた。

「コルトー伯爵、私がミレイユの手を握ったせいだ。どうぞ気になさらず」

殿下に手を引かれてソファへ歩く。隣に座るよう促されたので、そのとおりにした。

両親を交えてアルベリク殿下と世間話をする。ずっと和やかな雰囲気だった。

その後は、殿下に伯爵家の庭を案内することになった。

これって、よくあるお見合いの流れよね。

前世でも漫画やゲームでこういう場面を見たことがある。

もっとも、わたしと殿下の婚約はもう成立しているので、お見合いとは違う。けれど両親は「あとは若いふたりで」とでも言いたげだった。

両親には「マノン様とクリストフ殿下の結婚が成立するまでわたしの結婚は考えないでほしい」と言い続けてきた。

だから今回、婚約が決まってほっとしているのかもしれない。父も母も嬉しそうで、どこか安心したような顔をしていた。

アルベリク殿下は婚約者として申し分ないどころか、むしろわたしに不足があると気後れしてしまうほど、完璧な結婚相手だ。

「殿下、お時間はよろしかったでしょうか？」

庭へ出て、殿下とふたりきりになったところで尋ねた。のんびりと庭を歩いている時間はあるのだろうかと気になった。

「平気だよ。仕事は全部、片付けてきた。ミレイユは？」

特に予定はなかったのだと答えると、殿下はふわりとほほえんだ。

「じゃあこれから私が、ミレイユの時間を独り占めできるね」

ああ――と、感嘆してしまう。

アルベリク殿下とそのまわりが煌めいて見える。

殿下はいつも嬉しい言葉をかけてくださる。喜んで「独り占め」されたくなる。

なんの変哲もない庭だけれど、しっかりご案内しよう。

わたしは張り切って「どうぞこちらです」と、伯爵邸の中庭を進む。

殿下は興味津々といったようすであたりを見まわし、目を輝かせている。

「コルトー家の庭は広いんだね」

広さは誇れる部分だけれど、植えられている花の数や種類は断然、ソニエール公爵邸のほうが多い。

「公爵邸のお庭の管理は殿下がなさっているのですか？」

「ああ、うん。知らない花を見るとつい欲しくなってしまう」

外交にも携わっている殿下だから、外国の花を目にする機会が多いのだろう。

「手に入れた花は自分で植えることもあるよ」

「そうなのですか⁉」

土いじりをしている姿が想像できないし、初めて聞いた話だ。

天ジャのシナリオでも、そういう描写はなかったわ。

非公式な情報を耳にしてテンションが上がる。

アルベリク殿下は少し困ったような顔をして、ご自身の唇に人差し指を立てた。

「このことは庭師にも秘密にしている。ほかのだれにも話していない」

わたしにだけ、打ち明けてくださった――。

そこはかとない喜びが込み上げてくる。

顔がにやけすぎてしまわないよう気をつけながらわたしは言う。

「では、あの……次の機会にはわたしも、秘密の植栽に参加させていただけませんか？」

殿下は少しのあいだ目を丸くしてから、とびきりの笑みを浮かべた。

「ああ、もちろん」

ごく自然に腰を抱かれ、頭を撫でられる。言葉もなく見つめられるものだから、少しいたたまれなくなってくる。

「殿下？　どうなさいました？」

「ミレイユのことが好きだ――と。あらためて感じた」

午後の陽の光が降り注いでいるからすべてが温かくなるのか、あるいはアルベリク殿下の優しい眼差しと愛情を感じているからなのか。

嬉しくて、嬉しすぎて、目頭が熱くなる。

「婚約の証《あかし》に」

左手を取られ、薬指に指輪を嵌《は》められる。

ダイヤモンドのまわりにアメシストが配された、ピンクゴールドの指輪だった。

その輝きにすっかり魅了されてしまう。

わたしは指輪を見つめたまま、なにも言えなくなっていた。

指輪を贈る——とはおっしゃっていたけれど、まさかこんなに早く戴《いただ》けるとは思ってもみなかった。

「昨日の今日で、婚約指輪を贈られるなんて——という顔だね？」

心中を言い当てられたわたしはこくこくと頷く。

「話がまとまる前から、準備していた。用意がよすぎるかな」

アルベリク殿下は心配そうに、わたしの気持ちを窺うように首を傾げる。

「殿下は本当に、なんでも手際がよろしいのですね。わたし……嬉しいです」

アルベリク殿下の表情がぱあっと明るくなる。

『婚約者』になってから、彼のさまざまな表情を目にしている。殿下の特別な存在になれた気がして、もっと嬉しくなった。

殿下は晴れやかな顔のまま、わたしの肩に両手を置く。

「ひとつ提案があるのだけれど」

肩にあった両手が背中にずれて、彼のほうへ引き寄せられた。

わたしの胸がぶつかってしまいそうなほど殿下に近づく。

「すぐにでもミレイユを公爵邸へ連れていきたいときみのご両親に話したら、ご快諾いただけたんだ」

サファイアの瞳は少しも揺らがずにわたしを見据える。

「あとは、きみの気持ちしだい」

アルベリク殿下は右手をわたしの頰にあてがい、体を屈《かが》めた。

「いますぐ私と一緒に、来てくれる？」

彼の瞳に囚《とら》われたわたしは「はい、お供させていただきます」と即答した。

すると殿下は眉根を寄せて笑った。

「供だなんて。主役はミレイユだよ。むしろ私が、きみの供だ」

殿下の右手はわたしの頰と肩を撫でたあと、ふたたび背のほうへ下りていった。抱き寄せられる。

「……ありがとう。私のわがままに付き合わせてばかりだね」

耳元で紡がれた声は柔らかくて、低い。どうしてか、ぞくぞくっとしてしまう。

「せめてもの贖罪《しょくざい》に、荷物の整理を手伝うよ」

「い、いいえ……。荷物はまた後日、ひとりで整理いたしますので」

彼を待たせてしまっては悪いと思ってそう言った。

アルベリク殿下は「うーん」と唸って、わたしの頬をつんっと指で突く。

「ごめん――せめてもの贖罪というのは建前だ。単純に、きみの部屋を見てみたい」

アルベリク殿下は本当に好奇心が旺盛でいらっしゃる。

わたしは「ふふ」と笑ったあとで「わかりました、ではわたしの部屋に」と、殿下を私室へ案内した。

そうして私室へ行き、扉を開けたあとすぐに後悔する。

傍机の上には手紙が山積していた。まだ箱に収納していなかった。

こんなに散らかった部屋に殿下を案内しちゃうなんて！

恥ずかしすぎる。

「申し訳ございません、すぐに片付けますので」

焦りながら傍机へ行き、手紙の束をまとめはじめる。昨日のぶんもまだそのままにしてしまっていた。

手紙の整理は、メイドには頼まず自分でするようにしている。

なんでもかんでも人に頼むのは、怠慢な気がするのよね。

わたしが本来の「ミレイユ」だったなら、メイドたちをこき使っていたのかもしれない。

慌てているわたしをよそに、殿下は爛々《らんらん》と目を輝かせていた。

「きみが働き者なのがよくわかる部屋だ」

もしかしてフォローしてくださってる？

わたしは苦笑して、ふたたび手紙に目を向ける。

そうだ、手紙――。明日からの郵便は公爵邸に転送してもらわなくちゃ。

アルベリク殿下が傍机の前に立つ。

「じつは、きみ宛ての郵便は明日からすべて公爵邸に回すよう、すでに手配している」

殿下はどうも、わたしの考えていることがわかるらしい。

「なにからなにまで、ありがとうございます」

「怒らないの？」

「感謝の気持ちしかございません」

「なんだか、調子に乗ってしまいそうだ」

アルベリク殿下なら、たとえ調子に乗ったとしても許されそうだ。

「私が触っても問題ない場所を教えてくれたら、手伝うよ」

「えっ？　あの、ですが殿下はさっき『建前』だと――」

「建前は『贖罪』のほう。荷物の整理を手伝わないとは、言っていないよ」

殿下は傍机に片手をついて、わたしの顔を覗き込んでくる。

「手紙にしても、後日取りにくるのでは不便もあるだろう？　私によけいな気は遣わなくていいから、必要なものをまとめるといい」

「よろしいのですか？」

「はい、どうぞミレイユ嬢。なんなりとお申し付けください」

殿下はにこにこしている。丁寧な口ぶりだというのに、早く用事を言わなければいけないような圧を感じる。

「では、この……手紙の束を箱に詰めていただいても？」

アルベリク殿下は恭しく頭を下げて「喜んで」と答える。

うう――殿下に用事を言いつけるなんて、すごい罪悪感。

例のごとく、わたしの心中を見透かしているらしい殿下が、おかしそうに笑っている。

結局、その後メイドたちもやってきて、みんなで荷物の整理をした。

ふと、棚に置いていた小さなジュエリーボックスが目につく。その中にはジャルダンが入っている。

これ、どうしよう？

ジャルダンを公爵邸に持ち込むべきか、否か。

大切なものなので手元に置いておきたい気もする。

ただ、公爵邸の使用人たちの顔や名前もまだ把握していないのに、多くの人が出入りする部屋に置いておくのは少し心配だ。

公爵家の使用人たちを信用していないわけではない。けれどソニエール公爵邸では、伯爵家の倍以上の人間が働いている。

その点、コルトー伯爵家の私室なら、よく知っている使用人たちしか出入りしないし、わたしが不在となれば鍵をかけて、だれも立ち入らないはず。かえって安全だ。

わたしはジャルダンを私室に残していくことにした。

荷物をまとめ終わり、公爵家の馬車に乗り込む。

アルベリク殿下はわたしの隣に座っていた。替えが利くようなものはすべて殿下が用意してくださるそうなので、身ひとつで引っ越しするのとそう変わらない。

ソニエール公爵邸に着くと、殿下が屋敷を案内してくださった。

応接間やサロンなど、客人をもてなすための部屋だけでも数が多い。メモを取りながら歩きたいくらいだったけれど、なんとかして頭の中に入れていった。

音楽室や厨房《ちゅうぼう》なども一通り見てまわり、最後に殿下の寝室へ通された。

推しの部屋――という言い方はどうかと思うけれど、わたしとしては感銘を受ける。

アルベリク殿下の寝室は青を基調とした落ち着いた風合いの部屋だった。

部屋の中央には円形の絨毯《じゅうたん》が敷かれていた。そこだけ調度品が置かれておらず、ぽっかりと空《あ》いている。

「そういえばミレイユは、鍛錬に興味があったよね？」

「はい」と頷く。

「いまから一緒にする？」

アルベリク殿下の優しいほほえみにうっとりしながら答える。

「ぜひ、よろしくお願いいたします」

殿下は上着を脱ぐと、嬉しそうに「うん」と相槌を打ってわたしの肩を抱き、円形の絨毯の中央まで歩いた。

なるほど、ここが殿下の鍛錬場所なのね。

それで、なにも物が置かれていないのだとわかる。

「まずは体を柔らかくすることから始めるよ」

ストレッチをするのだろう。殿下は絨毯の上に座り込んだ。

「ミレイユ、初めは手伝ってくれる？　私の背中に乗って、押してほしい」

「殿下の背中に……わたしが乗る、のですか？」

つい尋ね返してしまった。アルベリク殿下は満面の笑みで大きく頷く。

「きみは前を向いたまま、私に体重をかけて」

わたしは上ずった声で「はい」と答えたものの、そんなことをしていいのだろうかという気持ちが前面に出てくる。

けれどストレッチをするのならたしかに、わたしの体ごと殿下の背中を押すほうが効果はありそうだ。

意を決して絨毯の上に膝をつき、アルベリク殿下の背中にぴたりとくっつく。後ろから殿下に抱きついている状態だ。

これでいいの？

殿下の背中にくっつけている胸が、バクバクと鳴っている。

なんだかすごく大胆なことをしている気がする。

アルベリク殿下は前を向いたままなので、その表情がわからない。

「力加減は、いかがですか？」

「うん……すごくいい。けれど、もっと体重をかけて」

「はい」と答えて、体を前へ倒す。アルベリク殿下は伸びやかに前屈した。

毎日、ストレッチをなさっているのだろう。体が柔らかい。

「ありがとう。じゃあ次は私がミレイユを押すよ」

もう体が温まっているのか、殿下の頬は少し赤い。

わたしはアルベリク殿下に背を向けて絨毯に座る。

そっと背中を押された。体を前へ倒す。

体育の授業みたいだと思いながら、両手を伸ばしてストレッチする。

前屈が終わると、殿下はわたしの二の腕を摑んで押し上げた。

「全身、しっかり伸ばしておかないと」

後ろから聞こえてきた声に「はい」と頷いて、されるままに肘を曲げた。

前屈して両腕を伸ばすだけでも、なんだかすっきりする。

「次は脚……だけれど」

殿下は言葉を切ると、絨毯に座り込んでいるわたしの太ももに片手を置いた。

「スカートを捲《めく》っても？」

「えっ⁉　あ……は、はい……っ」

これはストレッチの一環なのだから。

えっちなことをするために、スカートを捲られるわけではないのだ。身構えるのはおかしい。

わたしは心の中で「落ち着かなくちゃ」と繰り返す。密《ひそ》かに深呼吸をした。

アルベリク殿下はスカートの裾を摑むと、ゆっくりと引き上げていった。

端にフリルレースがあしらわれた白いドロワーズが露わになる。

この世界の下着は、前世のものとは違って膝の上まで布で覆われているものの、クロッチが左右に開くようになっているから、無防備にも思える。

いや、変に意識してはいけない。アルベリク殿下にそんなつもりは――わたしの秘所を暴こうだなんて考えは——ないはずだ。

殿下はわたしのスカートを腰の下まで捲りおわると、右手を太ももに置いた。

そこから脚の付け根のほうへ、じっくりと肌を辿られる。

でも、なんだか……触り方が……。

いやらしい手つきだと言ったら失礼なのだけれど、性的なものを帯びている気がしてならない。

気のせいよ。

自分に言い聞かせて視線を逸らす。このまま彼の手を見つめていたら、どんどん不埒《ふらち》な妄想をしてしまいそうだ。

殿下の手が下へずれて、絨毯側にまわり込む。

わたしの体を後ろから抱き込むかたちで、太ももの片方を持ち上げられた。

「つらくない？」

「あ……だ、大丈夫……です」

そう答えたものの、実際のところつらい。殿下に触られているのが気持ちいいせいで、おかしな声を上げないようにするので精いっぱいだ。

自然と息が荒くなってしまい、呼吸を整えるのにも必死になる。

黙り込んでいたら、おかしいと思われる？

「アルベリク殿下は……手が、大きいですね」

「……うん」

殿下の右手が太ももから離れて、今度は左手がわたしの脚を掴む。先ほどと同じように、また持ち上げられた。

「ミレイユは小さくて柔らかいね」

「ひぁっ……！」

突然、耳に息を吹き込まれたことで声が出てしまう。

「ごめんなさい、わたし……っ」

「前にも言ったけれど、いいんだよ。ミレイユの高い声は心地いいから、どれだけでも聞いていたい」

両方の脚を、お尻のほうへ向かって両手でなぞり上げられる。

ドロワーズの白い布が捲れて、素肌に触れられている。

もうあと少しでも彼の指が脚の付け根に近づけば、クロッチの布が弾みで左右に開いてしまいそうだった。

「う、うぅ……」

これって、ストレッチとか鍛錬とかっていうより——スキンシップ？

恥ずかしくて、くすぐったくて、ドキドキするのに安心して、心も体も温かくなる。

そして、勝手に気持ちよくなってしまっている。

「くすぐったい？」

わたしは何度も、何度も頷く。

「……かわいい」

彼の両手が胸の下に移動してきて、強く抱きしめられた。

背中のぬくもりに感じ入っていると、殿下が「ふう」と息をついた。

「そろそろ夕食の時間だね。鍛錬まで行き着かなかったな」

「申し訳ございません、わたしがのんびりしていたせいですね」

「違うよ」

頬に手を添えられたので振り返る。

こっちを向いてと言われている気がした。

「……きみを前にするとどうも、節度が保てない」

いつになく深刻な声と表情で告げられた。

ドキッと胸が跳ね上がったせいで、わたしはなにも答えることができなかった。

ソニエール公爵邸に移った翌日から、婚約発表の舞踏会へ向けての準備が始まった。

採寸を受け、ドレスのデザインを決める。

仕立屋の男性から提案されたデザイン案はどれも煌びやかだった。

とても選べない。

ソファに座り、ローテーブルの上に並べられたデザイン案を見て思い悩んでいると、傍らにいたアルベリク殿下が「悩ましいね」と声をかけてくれた。

「ミレイユはどんなデザインでも着こなせるだろうから、かえって選ぶのが難しい」

殿下は今日もたくさん褒めてくださる。自己肯定感が大幅アップだ。

これまでわたしは、いかにマノン様がクリストフ殿下に気に入ってもらえるかに尽力してきたから、自分が着るドレスのデザインにこれほど悩んだことはない。

けれどアルベリク殿下の隣に立つのだから、装いにも細心の注意を払わなくちゃ。

そんなふうに考えているせいか、ますますデザインを決められなくなってしまう。

「あまり気負わず、ミレイユの好みで決めていいんだよ」

ああ、またもや殿下にわたしの考えを読まれてしまった。

胸がいっぱいになりながらも、わたしはデザイン画を指さす。

「では、この……赤をベースに緻密な模様のレースが施されている、このデザインはいかがでしょう?」

「絶対似合う。見たい」と即答して、アルベリク殿下は身を乗りだす。

「正直なところ、すべて仕立ててミレイユに着てもらいたいのだけれど。まずは、婚約発表の舞踏会で着るドレス――だね」

にこっと笑うアルベリク殿下に、わたしは頷きながら笑みを返した。

仕立屋の男性が帰ったあともわたしたちはサロンにいて、紅茶を飲んでいた。

この機会に、あの件をご相談しよう。

「殿下、ご相談がございます。わたしたちの婚約が社交界で取り沙汰される前に、マノン様に直接、婚約のことをお伝えしたいと思っております」

「ああ――そうだね。そのほうがいい」

「マノン様と、できればクリストフ殿下もお誘いして話ができればと考えているのですが、いかがでしょうか？」

「いいね。予定を調整しよう」

「ありがとうございます、よろしくお願いいたします」

頭を下げると、どうしてか肩を抱かれた。

アルベリク殿下はわたしを見おろして、頭を撫でてくれる。

「ほかには？　なにか悩みがあるのでは？」

「え……。どうしておわかりになるのですか？」

「見ていればわかるよ。さあ、言ってごらん」

リラックスできるようにそうなさっているのか、殿下はわたしの顎をくすぐってくる。

「マノン様たちとお話をする場所をどうするか、いまとても悩んでおります」

くすぐったいのを我慢しながら話すと、殿下は手を止めて「話す場所か」と呟いた。

マノン様とクリストフ殿下のデート場所として、連日図書室へ行ったりほかの人に尋ねてみたりとリサーチしているのだけれど、どこも行き尽くしていて真新しさがない。

わたしたちの婚約について話すのは正直二の次で、メインはふたりの仲を取り持つこと、なのだ。

マノン様たちがより親密になれるよう計らうには、どこか素敵なデートスポットを見つける必要がある。

「王宮の敷地内に湖があるのを知っている？　湖岸を散歩したり、ボートに乗ったりするのはどう？」

ボートでのデートは、未体験だ。マノン様もクリストフ殿下も他者から狙われやすい高位貴族だから、セキュリティ上の理由でいつもデートスポットの候補からは外していた。

でも、天ジャのシナリオでは王宮の湖でデートするシーンがあった。

ゲームでは、クリストフ殿下がヒロインを湖のデートに誘うシナリオだ。もしかしたらアルベリク殿下がそうするよう促した——という設定だったのかもしれない。

「王族以外の立ち入りが禁止されている場所だけれど、きみもマノン嬢も私たちの友人だから問題ない。部外者が立ち入らないぶん安全も確保しやすい」

完璧なデートスポットだ。

わたしは胸の前で両手を組み合わせて「ぜひそちらで、お願いいたします！」と言った。

それから一週間後。

王宮にやってきたマノン様と、クリストフ殿下、アルベリク殿下とわたしの四人で、王宮の東に位置する湖へ行った。

この青い湖は前世で何度も見たことがあるので、懐かしさが込み上げてくる。

「……ここには来たことがあった？」

すぐそばにいたアルベリク殿下から小声で尋ねられた。

「いっ、いいえ……実際に来たことは、ありません」

画面の向こうでしか見たことがなかったのでそう答えたものの、いまの言い方は変だ。

案の定、アルベリク殿下に追及される。

「実際に――か。では湖面が青いのを話には聞いたことがあった？」

アルベリク殿下って、本当に鋭い。

それだけ、わたしの反応をよく見てくださっているということ。

わたしは「はい、じつはそうなのです」と言った。

「そう……。きみを驚かせようと思って湖面の色は伏せていたのだけれど――ミレイユは博識だね」

殿下は穏やかに笑っているものの、なんだか申し訳ない気持ちになってくる。

いっぽうで、少し離れたところにクリストフ殿下と一緒にいたマノン様は「青くて美しい湖面ですわね！」と、感嘆していた。

きっとこれが正しい反応なのだわ。

これほど青い湖はコルトー伯爵領にもない。国内ではおそらくここだけだろう。

珍しい場所に連れてきてもらったというのに、リアクションが薄すぎたのだ。

反省しつつ、演技するというようなことはどうも苦手だ。かといって前世で見たことがあるのだとも言えない。

とにかく、もっと気をつけたほうがいいわね。

わたしはマノン様とクリストフ殿下に目を向ける。

金色の長いストレートヘアに碧《あお》い瞳が美しい十七歳のマノン様と、襟足が短めで清潔感のある黒髪と緑色の瞳が印象的な二十歳のクリストフ殿下は、並んでいるだけで絵になる。

アルベリク殿下と婚約したこと――おふたりにどう打ち明けよう？

いきなり「婚約しました！」と言うのもどうかと思う。

考えを巡らせるわたしをよそに、アルベリク殿下は「ふたりに報告したいことがあるんだ」と話を切りだした。

「私とミレイユは先日、婚約した。披露目の舞踏会は一ヶ月後に予定している」

あまりに単刀直入に、ずばっとおっしゃるものだから、拍子抜けする。

マノン様は口に手を当てて「まあ」と驚いていたけれど、クリストフ殿下は違った。

「アルはとうとうミレイユ嬢を落としたんだな」

「その言い方は語弊があるよ、クリス。ミレイユは、やっと私のものになってくれたんだ」

腰を抱かれ、アルベリク殿下がぴたりと寄り添う。

「俺が言ったのとそう変わらないじゃないか」

ぼやくクリストフ殿下のそばで、マノン様は「おめでとうございます」と顔を綻ばせた。

「湖岸を少し歩こうか」

アルベリク殿下の提案で、皆が歩きはじめる。

朝の光を浴びた青い湖面はとても美しい。

「ミレイユ、腕を組んで歩こう」

そうだわ、以前そう約束した。

マノン様たちの前で腕を組むのは気恥ずかしいものの、約束は守るべきだ。

わたしはアルベリク殿下の肘にそっと、ちょこんと手を載せた。

「そうじゃないよ」

ところが体ごとぎゅっと引き寄せられ、抱きつく恰好《かっこう》になる。殿下は満足げにわたしを見おろしている。

「離れないで、ね」

斜め前を歩くマノン様とクリストフ殿下に、ものすごく見られている。かあっと、頬が熱くなった。

「ねえ、ミレイユも私のことを『アル』と呼んでみる?」

クリストフ殿下はアルベリク殿下のことを「アル」と、愛称で呼んでいる。

「いいえまさか、とんでもないことでございます」

アルベリク殿下は残念そうな顔をしている。

けれどそこは、けじめをつけないと。

「ではせめて『殿下』というのは、やめてほしいな」

「わかりました、アルベリク様」

「敬称は要らないよ?」

「それではわたし、殿下――いえ、アルベリク様のことを一切お呼びできなくなってしまいます」

アルベリク様はむう、という感じで唇を引き結んでいる。

「わかった。でもいつかは『アル』と呼んでほしいな」

クリストフ殿下がおっしゃっているのと同じようにアルベリク様を呼ぶなんて畏れ多く

て、できない。

湖岸をぐるりと一周したあと、ボートに乗ることになった。

アルベリク様は、ボートに漕《こ》ぎ手の従者が乗るのを断っていた。「私が漕ぐから必要ない」そうだ。

それを見ていたクリストフ殿下が「では俺も」と、従者を乗せずにマノン様とふたりでボートに乗った。

マノン様、大丈夫かしら。

彼女はいつも従者やわたしを交えてしかクリストフ殿下と話をしたことがない。人目があるとはいえ、ボートの上でふたりきりだ。

クリストフ殿下はいわゆる『俺様ツンデレ』キャラだ。

会話の選択を少しでも誤ると関係がこじれてしまい、悪いほうへ転がり落ちるという、難易度の高い攻略対象キャラクターだった。

それにここは天ジャの世界だけれど、彼らは単なるキャラクターではなく、たしかに生きている人間だ。

わたしだってそう。

ミレイユという『キャラクター』では、ない。

天ジャのことは熟知しているけれど、人の心は移ろうものだ。状況を見て判断していかなければならない。

「――ミレイユ？」

「は、はいっ」

いけない、上の空になっていた。

「申し訳ございません、考え事をしてしまって……」

「なにか困っていることがあるのなら、いつでも言ってね」

わたしは「ありがとうございます」と頭を下げる。

今日だって、アルベリク様のおかげでとてもスムーズに事が運んでいる。感謝してもしきれないくらいだ。

アルベリク様はにこっと笑うと、ボートのオールを力強く動かした。

ボートは青い湖面をすいすいと進む。

湖岸から眺めたときよりもさらに、きらきらとした水面《みなも》の美しさが際立つ。

波打つ湖の水音が耳に心地よい。癒やしのひとときだ。

さんざんのんびりしたあとで、わたしはやっと気がつく。

もうずっとアルベリク様がボートを漕いでいらっしゃるわ。

「あの、お疲れになっていませんか？　もしよければ漕ぐのを交代いたします」

「ありがとう。その気持ちだけであと一時間は手を動かしていられそうだ」

アルベリク様はその後も、疲れも見せずにずっとボートを漕いでくださった。

湖を一周してボートから降りたあと。

マノン様とクリストフ殿下のようすがおかしかった。マノン様の顔は真っ青だし、クリストフ殿下は険しい表情をしている。

これは、なにかあったわね。

「おふたりとも、どうなさいました？　もしかしてご気分が優れませんか？」

先に答えたのはクリストフ殿下だ。

「マノンはそんなに俺が信用できないのか？　ボートに乗っているあいだずっと怯《おび》えていた」

マノン様はよほどボートが怖かったのか、声も出せないといったようすで首を横に振っている。

ふたりに、どう声をかけるべきだろう。

ひとまずわたしは、棒立ちになっているマノン様のそばに歩み寄った。マノン様は小さく震えている。

ボートに乗り慣れていないから怖かったのだろう。それでクリストフ殿下の機嫌を損ねてしまったことにも萎縮《いしゅく》しているようだった。

このデートプランを練った身としては、責任を持ってこの場をどうにかしなくては。

そう思うのに、焦る気持ちのほうが前面に出てきてしまい、うまい言葉が浮かばない。

そこへアルベリク様が口を開く。

「つまりクリスはこう言いたいわけだね？　もっと俺を信用して寄り添ってほしい、と」

「え、いや……俺は」

「マノン嬢はだれが漕ぎ手なのか関係なく、単純にボートに乗るのが怖かったのだよね？」

マノン様は必死の形相で頷いている。

「ほら、クリス。婚約者なのだから、マノン嬢を抱きしめて安心させてあげなくては」

クリストフ殿下はまたしても「え」と短く発して、戸惑っているようだった。

「マノン様？　クリストフ殿下のおそばへ行かれてみては？」

声をかければ、マノン様は素直にクリストフ殿下のもとへ歩いていった。

マノン様が臆病な性格なのは相変わらずだけれど、わがままをおっしゃらなくなった。

クリストフ殿下に恋をしてからは見違えるように日々努力をなさり、王太子妃にふさわしくあるよう懸命に頑張っていらっしゃる。

人に頼るばかりではないから、応援したくなるのだ。

「……震えてるじゃないか」

クリストフ殿下はそっと、控えめにマノン様を抱きしめた。

わたしがほっとしていると、アルベリク様に声をかけられた。

「……ごめん、ミレイユ。マノン嬢がボートを怖がるのは想定外だった。不用意な提案をしてしまったね」

「とんでもないことでございます。それよりもわたしのほうが、考えが及ばず申し訳ございません」

微笑したままのアルベリク様に見つめられる。なにか言いたげな顔をなさっている。

「アルベリク様？」

わたしが呼びかけると、彼はますますにこやかにほほえんだ。

「私もきみを抱きしめたくなってしまった。いいかな」

「えっ⁉」

ちらりとマノン様たちのほうを見遣《みや》る。ふたりはお互いに見つめ合って、なにか話をしている。わたしとアルベリク様が抱き合っていても、きっと気にはなさらない。

わたしたちが婚約したことはきちんとお話しした。だからアルベリク様の胸に飛び込んでもなにも問題はない——のだけれど。

理由もなくアルベリク様に抱きつくなんて、恥ずかしいわ。

「あ、あの……ええと……その」

アルベリク様は、わたしが恥ずかしがっているとわかったのだろう。

「人目のないときにする」

彼は困ったような顔で甘やかに囁《ささや》いて、わたしの頬を撫でるのだった。

今宵《こよい》はソニエール公爵邸のダンスホールで大規模な舞踏会が開かれる。

わたしとアルベリク様の婚約は、社交界ですでに話題に上っているので周知のことなのだけれど、今夜が正式な発表――披露目の舞踏会――ということになる。

赤いドレスを着たわたしはアルベリク様にエスコートされて、公爵邸の廊下を進む。

ドレスのスカートは、ダイヤモンドとパールがライン状に縫いつけられたレースで飾られている。贅《ぜい》を尽くした一品だ。

アルベリク様はというと、月桂樹《げっけいじゅ》の細やかな刺繍《ししゅう》が施されたジャケットを着ていた。

ドレッシングルームに迎えにきてくれた彼を前にして、わたしは思わずフリーズしてしまった。

素敵すぎる。

写真を撮りたい衝動に駆られて、けれどこの世界にはスマートフォンはおろかカメラもないから、できない。

目に焼きつけるしか、ないのだ。

アルベリク様と一緒に歩いているあいだも、わたしはちらりちらりと彼のことを盗み見ていた。

「……なあに、ミレイユ」

アルベリク様は立ち止まると、身を屈めてわたしの顔を見つめてくる。

「あの……本日のアルベリク様もたいへん素敵なので、目に焼きつけたいと思いまして」

下手に気持ちを隠すよりも話してしまったほうがいいと思った。

「そう――私と一緒だね」

すり、と頬を撫でられる。

「いつにもまして輝いているよ、ミレイユ」

それはきっと、この装いのおかげ。

ドレスだけでなくイヤリングやネックレスなどの宝飾品も、アルベリク様がすべて手配してくださった。

これまでに何度もお礼を言ったけれど、何度言っても足りない。

「おかげさまで、今日を迎えられました。心より感謝申し上げます」

わたしたちの婚約が、天ジャのシナリオにどれくらい影響するのかわからない。

いまのところ、なにもかもが順風満帆だ。それが、かえって恐ろしいと感じてしまうわたしは、心配性なのだろう。

なんにしても、気を引き締めて臨まなければ。

「急にかしこまって、どうしたの。そういうところも、いいけれど。顔が強張《こわば》っているよ」

アルベリク様はわたしと視線を合わせて首を傾げた。

「もしかして緊張している？」

美しいサファイアの瞳に見つめられたせいか、ドキッと心臓が跳ねる。

「き、緊張してまいりました」

とたんに彼は困ったような笑みになった。そういうお顔もきれいだ。

「よけいなことを言ってしまったね」

「いいえ、アルベリク様のせいではございません」

すう、はあと深く息をして整えてみるものの、胸のドキドキはおさまらない。

ぎゅっと、アルベリク様がわたしの手を握ってくれる。

「大丈夫。きみがこれまで培《つちか》ってきたものは、そう簡単には揺るがない」

社交界でうまく立ちまわるため、一所懸命やってきた。

それを、アルベリク様は認めてくださっている。

アルベリク様の言葉が心に響いて、涙腺が熱くなる。

「それに、なにがあっても私はきみのそばにいる。ひとりにしないし、放さない。……放したくない」

誓うように、約束するように手の甲にくちづけられた。

「安心して、ミレイユ」

アルベリク様のほほえみには、人の心を温める効果があるに違いない。

嬉しすぎて、いよいよ涙が零《こぼ》れそうになった。

じつは少し不安だった。

なにもかも完璧で人望も厚く、皆から人気のあるアルベリク様と婚約したことが周囲に知られれば、嫉妬や策略の対象になるのではないか――と。

アルベリク様は、わたしのそういう気持ちも見透かしていらっしゃるのだわ。

「……涙が出そう？」

目の前がぼやけている。

わたしは必死に嬉《うれ》し涙をこらえる。

「泣いてもいいんだよ。舞踏会は遅くなってもいい。ミレイユの心の準備が整うまで」

わたしはすぐに首を横に振った。

「ありがとうございます、もう大丈夫です」

舞踏会の始まりを遅らせるわけにはいかない。かといって赤い目でダンスホールに入るわけにもいかない。

アルベリク様に迷惑をかけるようなことだけは、なんとしても避けなくちゃ。

そう思うとすぐに涙が引っ込んだ。

けれど彼は、わたしが本当に「大丈夫」なのかまだ疑っているようだった。

「無理をしてはだめだよ？」

「はい。アルベリク様がそばにいてくださるので、無理はいたしません」

「そう――よかった」

「では行こう」と言葉を足して、アルベリク様はわたしをふたたびエスコートしてくれる。

ダンスホールにはすでにたくさんのゲストが到着しているはずだ。

執事が、ダンスホールへの扉を開けてくれる。

すべてのキャンドルに火が灯《とも》された、クリスタルガラスの大きなシャンデリアがダンスホールを明るく照らしていた。

ソニエール公爵邸のダンスホールは広大なのだけれど、大勢のゲストに埋め尽くされているからか、本来の広さを感じられない。

わたしたちはまさに注目の的だ。

まだダンスホールに足を踏み入れただけだというのに、衆目を集めている。

気後れしないかと言われれば嘘《うそ》になる。せめて姿勢が悪くならないよう、しゃんとする。

「皆がきみの美しさに見とれているね」

小さな声でアルベリク様が言った。わたしが過度に緊張しないよう気を遣ってくださっているのだろう。

「皆さん、アルベリク様の麗しさに首ったけなのですよ」

そんな切り返しをされるとは思っていなかったらしい。アルベリク様は驚いたような顔をしたあとで「本当にもう大丈夫そうだ」と笑った。

「さっそく踊ろうか。私たちの息がぴったりで、仲睦《むつ》まじいのを皆に知らしめなければ」

アルベリク様の表情が、どこか挑むような笑みに変わる。

ダンスホールの中央まで歩くと、手を取られ、腰を抱かれて見つめられた。

軽やかなワルツが耳に入り、踊りはじめる。

アルベリク様と婚約する前にも何度か彼と踊ったことがある。

さっきアルベリク様は「息がぴったり」とおっしゃったけれど、それは彼のリードがとても上手だからだ。

社交界デビューする前からダンスの練習には励んできた。

アルベリク様と踊ると、すごく上達した気分になるのよね。

ステップを刻んでいてふらつくことはないし、彼の足を踏むこともない。

それはきっとアルベリク様が、わたしの動きをよく見て、瞬時に次の行動を判断してくださっているからだ。

護身術に精通しているアルベリク様だから、反射神経がよいのだろう。

鍛錬の賜物《たまもの》なのだわ。

だから、うまく踊れないかも――なんて不安は一切ない。

たくさんの人に注目されているから緊張感はあるものの、彼と踊る楽しさのほうが何倍も大きかった。

ワルツの一曲が終わりに近づいていく。

楽しくて、嬉しくて、夢の中にいるようにふわふわする。

ダンスをしているあいだずっと、アルベリク様の熱い視線を受けて、どこもかしこも蕩《とろ》けそうになっていた。

割れんばかりの拍手とともにダンスが終わる。次はゲストへの挨拶だ。

今夜の舞踏会で、主賓は言わずもがなクリストフ殿下である。

クリストフ殿下がいる、主賓専用の二階席へ向かう。

マノン様とクリストフ殿下は、小花柄のカウチに並んで座っていた。

まずアルベリク様が「よく来てくれたね」と声をかける。わたしはそのあとで「ご臨席を賜りましてありがとうございます」と挨拶をした。

「見せつけてくれたな」

クリストフ殿下はにやにやと笑っている。

わたしとアルベリク様のダンスのことをおっしゃっているのよね。

「クリスの目にそう映ったのなら、私たちの披露目は大成功だ」

アルベリク様がわたしに笑いかけてくる。少し気恥ずかしくなりながらも、わたしは「はい」と頷いた。

いっぽうマノン様は、クリストフ殿下の隣で黙り込んでいた。

泣くのを我慢しているような顔をなさっている。唇を引き結んだまま、なにも喋《しゃべ》らない。

わたしは内心「なんで⁉」と慌てながら尋ねる。

「マノン様、どうなさったのですか？」

するとマノン様は小さく唇を震わせた。

「わ、わたくし……嬉しくて。ミレイユとアルベリク殿下は本当によくお似合いです」

涙声のまま、マノン様は言葉を続ける。

「ミレイユ、本当におめでとう。心から祝福いたします」

瞳を潤ませたまま笑うマノン様を見ていると、わたしまで鼻の奥がつんとしてくる。

「ありがとうございます、マノン様。これからもどうぞよろしくお願いいたします」

前世の記憶を取り戻してからというもの、初めは保身のため、頼りないマノン様にあれこれ進言していた。

けれどマノン様と接するにつれ、自分のためだけではなくマノン様と一緒に幸せになりたいと思うようになった。

わたしとマノン様は運命共同体――って思うのは、独りよがりかもしれないけれど。

なんとしてもマノン様の笑顔を守らなければと、わたしは使命感を滾《たぎ》らせた。

それからわたしとアルベリク様はダンスホールへ戻り、ゲストたちへの挨拶まわりをした。皆が笑顔で祝ってくれた。嫌味を言うようなゲストはひとりもいなかった。

ほどなくして、マノン様とクリストフ殿下がダンスホールに下りてきた。

ふたりが踊るのを眺める。

このところはマノン様もだいぶん、緊張なさらないようになってきたようだ。

ダンスが終わればご歓談なさるだろうから、フォローに行かなくちゃ。

クリストフ殿下はいつもたくさんの令嬢に囲まれがちだもの。

マノン様という婚約者がいるにもかかわらず、クリストフ殿下と懇意になりたい令嬢がごまんといるのだ。

それは天ジャの攻略対象キャラクターだからなのか、あるいは単純にクリストフ殿下が魅力的だからなのか、わからない。

なんにしても、それでいつもマノン様の情緒が不安定になってしまう。

天ジャのヒロイン、イネスさんがシナリオに関わってくる花実祭が近づいていることもあり、いっそう油断ならない。

わたしはふたりのダンスを見守ったあと、アルベリク様に「少し失礼いたします」と挨拶をしてからマノン様のもとへ行った。

アルベリク様は国政について有力貴族たちと話をするところだったので、ちょうどいい。

案の定、クリストフ殿下は複数の令嬢に取り囲まれた。その中で、マノン様はいつも弾かれそうになる。

「おふたりとも、素敵なダンスをありがとうございました。ねえ、皆さん」

わたしが語りかけると、令嬢たちは「ええ、本当に」と同調してくれる。

集まった令嬢たちとはふだんから話をしているし、手紙のやりとりもあるから、どういう考えを持っているのかよくわかる。

よし、このまま話の流れを摑もう。

わたしは皆に話題を振りつつ、あくまでマノン様が婚約者なのだと要所要所でアピールしながら歓談する。

それから舞踏会が終わるまでずっと、わたしはマノン様のそばを離れなかった。

舞踏会のゲスト全員が帰路に就けば、終わってしまって寂しい気持ちと、無事に皆をもてなすことができた達成感が湧き起こった。

それで気が抜けてしまったのだろう。静かなエントランスに「ぐうう」と、お腹の音が響きわたる。

すぐそばにいたアルベリク様が、いつになくぽかんとした顔でわたしを見つめる。

は、恥ずかしい……！

これほど盛大にお腹の虫を鳴らすのは、いつぶりだろう。今世では初めてかもしれない。

夕食は舞踏会の前にとっていたものの、量はあまり食べなかった。

恥ずかしくて俯《うつむ》いていると、両肩に優しく手を置かれた。

「なにか食べよう。そうだな……きみの部屋で」

わたしはこくりと頷く。

アルベリク様は近くにいたメイドに手早く指示を出したあと、わたしの肩を抱いて歩きはじめた。

私室に着いて少しすると、メイドが果実の盛り合わせを運んできてくれた。

ロココ調の華やかな食器に、さくらんぼとりんご、それからフランボワーズが載せられている。

アルベリク様と横並びでソファに座る。

「今日はお疲れ様。ミレイユは本当によく頑張っているね」

メイドたちが部屋をあとにするなりアルベリク様が言った。

わたしは「アルベリク様のおかげです」と返す。

彼がいてくれるから、頑張れるのだ。

アルベリク様はなにも言わずに、しばらくわたしの顔をじいっと見つめていた。

なにを考えていらっしゃるんだろう。

わからずに首を傾げると、アルベリク様は青い目をすっと細くした。

「……いい子にはご褒美をあげなくては」

お皿に載せられていたフランボワーズを、アルベリク様がつまむ。それを、わたしの口に運んでくれる。

食べさせてくださるの？

なぜ彼が急にそんなことをなさるのかわからないながらも口を開ける。

アルベリク様はそっと、わたしの口の中にフランボワーズを置いた。

もぐもぐと咀嚼《そしゃく》する。アルベリク様には時折こうして、子ども扱いされる。

恥ずかしいけれど、ちょっと嬉しい。

「……美味しい？」

「はい、とても」

甘酸っぱい木いちごのフランボワーズはわたしの大好物だ。アルベリク様はそれをご存じだから、食べさせてくれたのだろう。

「ではもうひとつ」

ふたたびフランボワーズを食べさせてもらう。

甘やかされているからか、いままで食べたどんなものよりも美味しい。

長い指がフランボワーズをつまむのを、つい見つめてしまう。

「まだまだ食べられそうだね」

フランボワーズがすぐそばに来たので口を開けた。けれどアルベリク様は、なかなかフランボワーズをわたしの口に入れてくれない。

「私の指ごと食べてもいいんだよ」

「えっ？」

「……いや、むしろそんなふうに食べられたい」

射るような視線を向けられる。

「ね、ミレイユ。フランボワーズを口に含んだあとでいいから、私の指を舐《な》めてみて」

からかっているのでも、冗談でもないのだとわかる。アルベリク様はほほえんでいるけれど、真剣そのものだ。

わたしは言われたとおりに、フランボワーズを口に入れた。

それから、彼の指めがけて舌を伸ばす。

だれかの指を舐めるなんて初めてのことだから、ドキドキして落ち着かない。

ぺろりと、長い指の先を舌で舐め上げる。

なんだか、いたたまれない。

アルベリク様は、とろんとした瞳でわたしを見ている。

淫靡《いんび》な雰囲気が漂っている気がするのは、わたしの思い違いだろうか。

わたしはそんな考えを払拭するように一度、目を閉じた。

あらためてアルベリク様を見据えて、尋ねる。

「あの……アルベリク様？　もしかして怒っていらっしゃいますか？」

彼は一瞬、顔を引きつらせた。長い睫毛《まつげ》を伏せて、なにかためらうように、口に手を当てている。

「ミレイユは敏《さと》いね。自分でも気がついていなかった。……ごめん、意地悪をしている」

なぜ彼に「意地悪」をさせてしまったのか、考えてもわからなかった。

「怒っているわけでは、ないんだ」

アルベリク様はわたしの肩に頭を預けて、ぽつりぽつりと言葉を紡ぐ。

「湖へ行ったときもそうだったけれど、今日の舞踏会でも——ミレイユはマノン嬢とクリスにばかり関心を寄せているね」

「えっ……。それは、あの——申し訳ございません」

「いや、それが悪いとは思わないよ。きみはマノン嬢のことをよく考えている」

右肩が急に軽くなる。彼が体を起こしたからだ。

頬に手を添えられ、彼のほうを向かされる。

「ただ、私が……きみに構ってもらいたいだけ」

切なげな顔をしているアルベリク様は、壮絶に美しい。

「どうしたらきみは、私のことをもっと考えてくれる？」

縋《すが》るような視線が、わたしの体を焦がしていくようだった。

「ミレイユの一番になりたい。欲を言えば、私のことで頭をいっぱいにしてほしい」

目眩《めまい》を起こしてしまいそうだった。

天ジャのシナリオよりも、もっと甘い。

甘くて情熱的で、むしろ現実だとは思えないくらいだ。

たまらない気持ちになりながら、わたしは彼に言う。

「いっぱい、ですよ？」

マノン様たちのことはもちろん気になるけれど、少なくともいまはアルベリク様のことしか考えられない。

「……そうかな」

ところがアルベリク様は不服そうだ。

どうしたら安心してもらえるのだろう。

わたしが考えあぐねていると、アルベリク様はなにか思いついたように「そうだ」と呟いた。

「ミレイユはまだお腹が空いているよね。もっと食べさせてあげる」

その言葉とは裏腹に、アルベリク様は自分の口にフランボワーズを咥《くわ》えた。「ん」と、低く唸って身を乗りだしてくる。

彼の口にある赤いフランボワーズは、半分だけが覗《のぞ》いている。

食べて――ってこと？

アルベリク様にはさんざん食べさせてもらったのだから、ここはわたしからフランボワーズを取りにいかなければ。

そうしたらきっと、アルベリク様は安心してくださるはず。

恥ずかしい気持ちに蓋をして、わたしは彼の顔に自分の顔を近づける。

距離感を摑みながら、彼の唇に触れないようにしてフランボワーズだけを食《は》み、自分の口に手を添える。

フランボワーズの赤い実が、いつになく熱い気がした。ごくっと喉を鳴らして、フランボワーズを平らげる。

「……ミレイユは器用だね」

わたしが、フランボワーズだけを掠めとったから。

彼の唇に、わたしの唇は当たらなかった。だからアルベリク様はわたしに「器用」だと言ったのだろう。

アルベリク様、まだ不満そう？　わたしからキスしても……いいのかな。

ううん……待って。アルベリク様は、挙式で神様に永遠の愛を誓うまで――と思っていらっしゃるのかも。

尋ねてみなければ彼の真意はわからない。けれど「なんでキスしないんですか？」だなんて、恥ずかしいし図々《ずうずう》しい気がして訊けない。

「私の膝においで」

言われるまま、彼の膝に横乗りする。以前、夜の庭でそうして以来よく促される。

そのたびにわたしは頬を熱くして、彼の膝に収まっている。

両手で頬を覆われ、切なげに見つめられる。

「きみともっと親しくなりたいから早く時が過ぎればいいと思うのに、ミレイユと一緒にいる時間はゆっくり進んでほしいと願ってしまう。……我ながら矛盾している」

自嘲気味に頬を緩ませて、アルベリク様は頭を垂れた。

お互いの額と額がこつんとぶつかる。

吐息を感じる。目を逸らせない。逸らしたくない。

アルベリク様は顔の角度を変えると、わたしの頬にちゅっと吸いついた。

唇の端を指で辿られる。

先ほどたくさん食べたフランボワーズを口にくっつけていたらどうしよう――と、心配になった。

反対の頬にもくちづけられる。

くすぐったさと、えもいわれぬ心地よさでいっぱいになる。

アルベリク様の顔が下へずれて、首筋までやってくる。そこにもキスをされた。

両手の指を絡め合わせて、なおも首に唇を寄せられる。

わたしの脈が速いのが伝わってしまいそう。

そう思うとますます胸の鼓動が忙しくなる。

アルベリク様はなおも、わたしの頬や首、手の甲や指先を唇で確かめていく。

もしかして挙式が済むまでは唇にキスしないと、決めていらっしゃる？

キスは誓約だもの。わたしも、それを守らなくちゃ。

初めてのキスをわたしからするなんて言語道断だ。ここは我慢である。

それに、わたしの肌に彼の唇が触れるとそれだけで気持ちがいい。

「アルベリク様……」

つい呼びかけてしまった。

彼は小さく肩を揺らしたあと、嬉しそうに「うん」と返事をして、ふたたびわたしの首に顔を埋めた。

第三章　シナリオの歯車

アルベリク・ソニエール・リトレは寝室のベッドにひとりで上がり込んだ。

さっきはつい調子に乗って、ミレイユの頬や首にくちづけてまわった。

そもそもフランボワーズを食べさせるというのも、よけいな世話だ。私のことを意識してほしくて、いたずらなことばかりしている。

嫌な顔はされなかったものの、真面目なミレイユはさぞ戸惑ったことだろう。

反省しつつベッドに寝転がり、白い天井をぼんやりと眺める。

早く時が過ぎてほしいと思うのは、挙式が済めばミレイユと一緒に眠ることができるからという気持ちもあった。

それなのに、ミレイユがそばにいないと時間が経《た》つのがひどく遅く感じる。

そしてすぐに彼女の顔が見たくなってしまう。

かといって夜這《よば》いに行くのはまずい。

このところはミレイユの柔らかさと温かさに、理性が揺らいでばかりだ。

一度、触れればもっと彼女の肌を確かめたくなって、べたべたと撫でまわす。そして欲求が深くなる。手だけでなく唇でも触れたくなって、確かめて——と、その繰り返しだ。飽きることはない。むしろ隠された部分にも触りたくなる。

好奇心が旺盛だという自覚はあったが、強すぎるのも困ったものだと自嘲する。

これ以上、考えないほうがいいな。

このままでは欲求が膨れ上がって、どんどんわがままになる。

私は目を閉じた。

ふと、ミレイユと出会ったころ——二年前——を思いだした。

クリスの婚約者、モラクス公爵家のマノン嬢とよく一緒にいる令嬢。コルトー伯爵の一人娘。

宝石がごまんと採れる伯爵家の娘のわりに、飾り気がないというのがミレイユの第一印象だった。

いや、宝飾品の類はきちんと身につけている。ただ、どれも控えめだった。

ミレイユ自身も宝石も美しい。けれど「自分は主役ではない」とでも言いたげな装いなのだ。

もしかしたら、マノン嬢をとことん引き立てるためにあえてそういう恰好をしているのかもしれない。

ミレイユが社交界デビューしたのはいまから三年前だが、当初はお互いに顔見知り程度だった。

クリスとマノン嬢が正式に婚約した二年前から、ミレイユと話をする機会が増えた。

マノン嬢は、家柄はよいが如何《いかん》せん臆病者で、王太子妃——ひいては王妃となる器ではないのではないか。

二年前はそんなふうに考えていた。

クリスにしても、マノン嬢に対して個人的な感情はなく、モラクス公爵家の娘としか見ていないようだった。

正直なところ、クリスには政略結婚ではなく想う人と結ばれてほしい。

もちろんクリスがマノン嬢を愛するのならば、喜んで応援する。ただしそうでないのなら、マノン嬢には悪いが婚約者の座を降りてもらうほかない。

この考えを改めるきっかけをくれたのは、ミレイユだ。

ミレイユはマノン嬢がクリスに会うとき、必ずといっていいほど同席していた。

かといって他の令嬢のようにクリスに取り入ろうとはせず、言葉足らずなマノン嬢にひたすら助け船を出していた。

マノン嬢とクリスの仲を取り持つことでなにか伯爵家にメリットがあるのだろうかと初めは考えた。

しかしミレイユは純粋に、マノン嬢の幸せを望んでいる。それが彼女の言動からよくわかる。

ミレイユは決して目立とうとせず、そっと優しく寄り添ってくれる。

穏やかで寛大で、勤勉であり博識だ。

十八歳とは思えないくらいしっかりしているのに、恥ずかしがり屋なところもかわいい。

そんな彼女に、明確に惹かれていると自覚したのは半年ほど前だ。

婚約する前から、ミレイユは周囲の評判もよかった。

中でも使用人たちからはとても好かれている。他人を見下すなどということは一切なく、だれにでも等しく丁寧な態度だからだろう。

そしてそれは打算があるわけではなく、彼女の素だ。もともとそういう性格なのだ。

私がミレイユに好意的なのを、ソニエール公爵家の使用人たちは機敏に感じ取っていた。

「もしミレイユ様がアルベリク殿下とご結婚なさったら、さぞご立派な公爵夫人になられるでしょうね」と、古参の執事やメイドが口を揃えていた。

ソニエール公爵家の皆がミレイユを求めていた。

願いが叶って婚約してからというもの、私は彼女の愛が欲しくてご機嫌伺いばかりしている。

彼女の好みに寄り添いたい。この家で快適に過ごしてほしい。

その想いが行きすぎて、なにもかもが用意周到になる。

ぐいぐいと迫りすぎだと、わかってはいる。

でも、ミレイユは許してくれる。

寛大な彼女に、とことん甘えてしまう。

一緒に鍛錬をしようと言ったときも下心ばかりだった。

下着のクロッチを左右に開けて、秘めやかな箇所を暴きたいのを必死に我慢した。

ミレイユの花園にとても興味があるのだと、彼女に知られたら――。

軽蔑されるだろうか。

嫌われたくないのに、見たいという欲望が渦巻く。

私は大きく息を吸い、ベッドの上で寝返りを打った。


休日の朝。私はミレイユを誘って庭へ向かった。

「一緒に花を植えようと言ったのを覚えている？」

「はい、もちろんでございます。もしかしていますから？」

「うん、そう。いいかな」

ミレイユはまさしく花のような笑顔で「はい！」と答えてくれる。

「あ――では、動きやすい恰好に着替えてまいりましょうか」

ミレイユが着ているのは裾が膨らんだデイドレスだ。土の上にしゃがめばたしかに、ドレスが汚れるかもしれない。

「スカートの裾を私が持つから、問題ないよ」

するとミレイユは困惑顔になった。「アルベリク様に裾を持たせるなんて」と、顔に書かれている。

彼女はおそらく自覚がないのだろう。茶会や舞踏会など公の場では違うけれど、私とふたりのときは考えが表情に出ている。

私には気を許してくれている——ということかな、きっと。

「花を植えるのが楽しみだ」

いつもひとりでこっそりと花を植えていた。使用人たちは気づいているのかもしれないが、なにも言われたことはない。

私は庭の隅にある倉庫に立ち寄った。先日仕入れてきた、金魚草の苗が収められた二段の箱を手に取る。

「運ぶのをお手伝いさせてもらえませんか？」

ミレイユが、すっと両手を差しだしてくる。

こういうところも好きで、たまらない気持ちになる。

「では一緒に持とう」

「え――」

　私が持っている二段の箱のうちひとつを持とうとミレイユが考えているのはわかっていたが、あえてそう提案した。

「だめ?」と尋ねれば、ミレイユは首を横に振りながら「いいえ」と答えて、私が持っている箱に手を添えた。

　ふたりで箱を持つのではかえって運びづらいものの、ミレイユと共同作業がしたかった。ふだんは効率を重んじるのだが、ミレイユのこととなると、どうも迷走してしまう。

　ミレイユは真剣な顔で、苗が入った箱を手に持って歩いている。

　一所懸命な姿が愛しくて抱きしめたくなったが、そんなことをしては箱をひっくり返しかねない。

　彼女を眺めるだけに留《とど》めて、なんとか花壇に到着した。

　この小さな円形の花壇は、自ら赤煉瓦《あかれんが》を土に埋めて造ったものだ。少々不格好なところがある。庭師がするように上手くはできなかった。

「かわいらしい花壇ですね!」

　ミレイユは嬉しそうに花壇を見まわしたあと、薄紫色のアネモネを眺めていた。

　彼女に褒めてもらえた。もうそれだけで、花壇を造って花を植えた甲斐《かい》があったというものだ。

金魚草の苗が入った箱を花壇の脇に置く。花を植えるのに必要な道具はあらかじめ箱の中に入れておいた。

私は空を見上げる。

天気は快晴。風は強いものの、朝の陽射《ひざ》しが暖かくて心地よい。絶好の植栽日和だ。

「まず土を掘るのですよね。スコップを貸していただけますか？」

私がなにか言う前にミレイユが申しでてくるものだから驚く。

「ミレイユも花を植えたことがある？」

スコップを手渡しながら尋ねた。

貴族の令嬢というのは――私も人のことは言えないが――日常生活で自ら花を植えることはない。

「あ――え、ええと……はい。かなり昔ですが、あります」

ミレイユはどうしてか、少しうろたえたようすで言葉を紡いでスコップを受け取った。

彼女は時折こうして、私の質問に対して答えにくそうにしていることがある。

訊かれたくないことが、あるのだろうか。

嫌だ、全部知りたい――と思ってしまうのは、貪欲だ。

ミレイユの気持ちを蔑《ないがし》ろにはしたくない。だから彼女が困っている素振りを見せたら、あまり深くは尋ねないようにしている。

「では始めようか」

私はミレイユのスカートの裾を摑もうとする。

「あっ、アルベリク様！　自分でいたしますので、どうかお気になさらないでください」

彼女が真っ赤になって言うものだから、ますますスカートの裾を捲り上げたくなったが、あまりしつこいのもいけない。

「そう……」

渋々手を引っ込めると、ミレイユは自らスカートの裾をつまんで引き上げた。

白く細い足をついじっと見てしまう。

ミレイユは私の視線になんてまったく気がついていないようすで膝を折り、スカートの裾をまとめて自分の膝に載せていた。

ふたりでスコップを片手に土を掘る。ミレイユはドレスが汚れないように気をつけているようだったけれど、逆に手が汚れることは少しも構わないようすだった。

「手際がいいね、ミレイユ」

「ありがとうございます。久しぶりに土を掘ったのですけれど、なんだか……その、楽しいですね」

大輪の花が綻んだような笑みを目にして、あらゆる感情を揺さぶられる。

きれいでかわいい彼女を見ていると幸せな気分になるいっぽうで、ミレイユのすべてを手に入れたくもなる。

「……花を愛《め》でるのは、いい」

私が呟けば、ミレイユはまた笑った。

「はい！　あたたかな気持ちになります」

花は、ミレイユだ。彼女にはまったく伝わっていないが、たしかにあたたかな気持ちになるので「そうだね」と相槌を打った。

金魚草の苗を植えつけて土をかぶせたあとは、株元を念入りに押さえて固める。

それからジョウロに水を汲《く》み、命の水をたっぷり与えた。

「うまく根付いてくれますように」

ミレイユは花壇の前に立ち、祈るように両手を組んでいる。

彼女が心からそう願っていることが、優しい眼差しから伝わってくる。

そんなミレイユの祈りに応えるように、金魚草の小さな葉がひらひらと風に揺れていた。

＊＊＊

休日の夜。わたしは私室のソファに座り、朝の出来事を思いだしていた。

アルベリク様と一緒のガーデニング、すごく楽しかった。

前世ではベランダにプランタを置いて花を育てていた。金魚草も育てたことがある。

時間を見つけてお手入れしよう。

ふたりで植えた大切な金魚草が枯れないように、美しい花を咲かせてくれるように、できることはすべてしたい。

幸い、執事やメイドはわたしたちがガーデニングをすることに好意的だ。

使用人のだれもが「他言しない」と言ってくれた。「貴族なのに土いじりをするなんて」と批判されることはないだろう。

わたしは左手を掲げて、薬指で輝く婚約指輪を見つめた。

あともう少しで挙式を迎える。

アルベリク様の妻になる。

最近やっと、彼の婚約者だという実感が湧いてきたというのに、妻だなんて――。

心が舞い上がる。

公爵夫人として、アルベリク様をはじめ皆の役に立てるよう尽力したい。

そこへ内扉がノックされた。扉の向こうはアルベリク様の寝室だ。

わたしはすぐに「はい」と返事をしてソファから立ち、ネグリジェとナイトガウンの裾を正した。

「少しいいかな」

内扉を開けてアルベリク様が入ってきた。裾の長いリネンの寝間着に、群青色のナイトガウンを羽織っている。

寝間着姿も素敵だわ。

ほれぼれしながら「どうなさったのですか？」と尋ねる。

「夜空の回廊へ行こう」

手を取られ、寝室を出た。

夜空の回廊というのは、ソニエール公爵邸内にある大きなギャラリーのことだ。

金色の骨組みで形作られたアーチ状の天井はガラス張りなので、星空を室内から眺めることができる。さながらプラネタリウムだ。

夜空の回廊に着くなり、わたしは「きれい……」と感嘆した。

今夜はよく晴れているし、月は姿が見えないから、無数の星たちが空の主役だ。

「本当は夜の庭を少し散歩しようと思っていたのだけれど、今夜は風が強いからね。体が冷えてはいけない」

わたしを温めようとなさっているのか、正面から腰を抱かれ、引き寄せられた。

「今夜はきみに、あらためて言っておきたいことがある」

そう言われるとつい身構えてしまう。アルベリク様が真剣な表情をしているから、なおさらだ。

「そんなに硬くならないで。悪い内容ではないよ」

アルベリク様はくすっと笑って言葉を足す。

「ただ、ミレイユに私の気持ちを伝えておきたいだけ――」

美しい夜空にまったく見劣りしないサファイアブルーの瞳で、一直線に見つめられる。

輝く星々と同じで――いや、それ以上に――彼の瞳はきれいだ。

「婚約してから、ますますミレイユに惹かれて……私はきみの虜《とりこ》になっている」

アルベリク様の向こうで、星が流れた気がした。

あるいは彼が、流れ星のように煌めいている。

「愛している、ミレイユ」

すべてを包み込むような優しい笑みと、果てしなく穏やかな声で告げられた。

「毎日、きみを幸せにする。一生涯ずっと、幸福で満たしてあげる」

彼の声が夜空の回廊にこだまする。

そうでなくても、わたしの頭の中で何度も繰り返し響いていた。

目の前がぼやけてくる。嬉しくて、涙ぐんでしまう。

「きみはしっかりしていて芯が強いけれど、涙もろいのかな」

よしよしと頭を撫でられ、目尻の涙を指でそっと拭われる。

「ミレイユ、どんどん私を使役して。きみの望みを叶えるために、私を使ってほしい」

マノン様とクリストフ殿下のことをおっしゃっているのだろう。

天ジャのヒロインが登場する花実祭まで、あと一週間だ。

だから本当に、心強い。

ずっと張り詰めていたものが解《ほぐ》れていく。マノン様たちを取り持つためにはわたしがしっかりしなければと、無意識に気を張りすぎていたのかもしれない。

使命感で凝り固まっていた心を、アルベリク様に救われた。

「好き、です……アルベリク様」

想いが、どんどん溢《あふ》れてくる。

「好き、好き……っ」

アルベリク様にしがみつく。小さな子どもみたいだ。

取り乱してはいけないと思うのに、涙が零れて止まらない。

悪役令嬢の取り巻きモブとして死ぬのが怖かった。

いまだってもちろん怖い。けれどそれよりも、アルベリク様と離れることのほうが何十倍も恐ろしい。

「ずっと、一緒に……いて、くださいね?」

涙で視界がぼやけたまま言った。不明瞭な視界の中でも、彼が切なげな顔をしているのがわかる。

「……ミレイユ」

力強い声だった。

魂にまで、呼びかけられているみたい――。

両方の頬に手を添えられた。彼の顔が急に近くなる。

焦点が合わないまま、唇に柔らかなものを与えられた。

「……っ？」

一瞬のことだったので、なにが起こったのかすぐにはわからなかった。

わたしの唇と、アルベリク様の唇が、重なった。

唇同士のキスをしたということ。

自覚したとたん、頬と唇に熱が立ち上り、のぼせたようになる。

わたしは両手で自分の唇を押さえて「あの、ええと」と口ごもった。

驚きと喜びで、まともな言葉が出てこない。

「……嫌だった？」

アルベリク様が気遣わしげに表情を曇らせる。

「いっ、いいえ違います！」

わたしは力いっぱい首を横に振った。

「その……アルベリク様は、挙式まで唇へのキスはなさらないものだと思っておりましたから」

今度はアルベリク様が、その麗しい顔に驚きの色を見せる。

彼はわたしと同じように口に手を当てたあと、悩ましげに目を細めた。

「違うよ。ミレイユが私のことを好きだと言ってくれるまで、待っていた」

「えっ――」

しばしの沈黙が流れる。

「わたし、初めて言いましたか？　好き……って」

「うん」と、アルベリク様は少し不満そうに頷いた。

よく考えてみると確かにそうだ。

心の中では何度も「好き」だと叫んでいたけれど、声に出したことはなかった。

いつもわたしの気持ちをよくわかってくださるから――。

そんなアルベリク様に、甘えきってしまっていた。

好きだという想いは、言葉にしなければ伝わらない。

態度や行動でだって伝わるのかもしれないけれど、しっかりと想いを届けるにはやっぱり言葉にする必要がある。

そうでなければすれ違ってしまう。

「前から……ずっと前から、アルベリク様のことが好きでした」

わたしがあらためて言うと、アルベリク様はきょとんとしていた。

しだいに彼の表情が緩んでいく。

強い光を見るように、どこか安堵したようにアルベリク様はほほえんだ。

「じゃあ、もう遠慮しなくていいんだね」

アルベリク様はほのかに頬を染めて破顔する。

大きな手のひらでふたたび頬を覆われ、顔の向きを固定される。

先ほどは緊張する暇《いとま》がなかったけれど、またキスを交わすのだと思うと急に胸がドキドキしはじめた。

「ん……」

吐息を感じる。息を止めるべき？　わたしの唇、かさかさしてなかった？

あれこれ考えているあいだに、唇同士がぴたりとくっついた。

目を閉じれば、アルベリク様の柔らかな唇の感触がもっと伝わってくる。

しっとりとしていて、温かい。

唇が離れると、寂しくなってしまう。

頬と唇をすりすりと、緩慢に撫でられた。

アルベリク様は、どこか幸せそうに息をついた。

「じつはすごく我慢していた。だから、たくさん……くちづけさせて」

「わ、わたしも……本当は、我慢……していました」

本音を言うのは恥ずかしかったけれど、好きだという気持ちと同じできちんと声にしなければ。

誤解のないように、わたしの言葉に嘘はないのだと信じてもらえるように、サファイアの瞳を見つめ返す。

「私と、キスしたかった——ってこと？」

「はい」と頷く。頬が火照るのがわかった。

アルベリク様は口を開けたものの、すぐにはなにも言わなかった。しだいにその唇が弧を描いていく。

「ミレイユ……っ」

たっぷりの熱い吐息とともに名前を呼ばれて、胸を締めつけられる。

頬にあてがわれていた彼の両手が熱を帯びた気がした。

アルベリク様の両手に包まれていると安心する。けれどいまは、胸がドキドキと早鐘を打って、落ち着かない。

ちゅ、ちゅっと何度もくちづけられた。角度を変えて、繰り返し触れられる。

外の強い風音が聞こえた。そのせいか、キスの嵐のようだと思ってしまう。

アルベリク様の指先が頬から首のほうへずれる。

もっと深く唇を食まれた。

「ふっ……」

つい声が漏れる。アルベリク様の唇の感触が心地よすぎて、自然と口から出てしまった。

ほんの少しだけ彼の唇が離れた。アルベリク様は嬉しそうに口角を上げている。

わたしもまたほほえんで、そっと目を閉じた。

純白のウェディングドレスには、前世から憧れていた。

ドレッシングルームで挙式の支度を終えたわたしは、目の前にある大鏡をひたすら眺める。

ウェディングドレスの重厚なサテン生地が光を反射している。胸元や裾に施された精緻な刺繍のそこかしこに縫い付けられた無数の真珠が、眩《まばゆ》いばかりに煌めいていた。

夢みたい。

ネックレスとイヤリングには惜しみなくダイヤモンドが使われ、ウェディングドレスの輝きに磨きをかけている。

特別な装いで、これからアルベリク様との挙式を迎える。

嬉しいけれど、どこか逸る気持ちもある。わくわくするのに、落ち着かない。

コンコン、と扉のほうからノック音が聞こえた。

アルベリク様だわ。

わたしはすぐに「はい、どうぞ」と答える。

「失礼するよ。ミレイユが部屋から出てくるのを待ちきれなくて――」

扉を開けてドレッシングルームに入ってきたアルベリク様はわたしを見るなり言葉を切り、立ち止まった。

いつものほほえみはなく、真顔で見つめられるものだから、ドキリとする。

メイドたちが完璧に飾りつけてくれたので、おかしなところはないはずだ。

アルベリク様が、緩慢な足取りでわたしのそばにやってくる。

「きれいだ――」

心ここにあらずといった顔で、アルベリク様は言葉を続ける。

「神聖さすら感じる」

まるで崇《あが》めるような、強い眼差しを向けられている。

わたしはというと、アルベリク様の盛装に魅入っていた。

彼が着ているジャケットの袖や襟に、わたしのウェディングドレスと揃いの刺繍が施され、そこかしこで真珠が光っている。

言葉が出てこないくらい、アルベリク様はすべてが美しい。

「……ミレイユ」

頬に手を添えられたことで我に返る。

アルベリク様はとろんとした瞳でほほえんでいる。

「こうしてずっときみを見ていたいけれど——もう時間だね」

渋々といったようすでアルベリク様は手を引っ込めた。

わたしはヴェールを身につけたあと、彼の肘に手を添えてドレッシングルームを出た。

屋敷の玄関前には、婚礼用の無蓋馬車が停められていた。

薔薇《ばら》にスズラン、カラーなどたくさんの花で飾りつけられた馬車に、ふたりで乗り込む。

花々の甘い香りに包まれて、馬車は教会へ出発した。

暖かな陽射しに誘われて上を向けば、青空の中にわたぐもが浮かんでいた。

もこもことした柔らかそうな白いわたぐもを見ていると和む。いよいよ挙式に臨むのだという緊張感が、少しだけ薄れた。

ふと視線を感じて横を向けば、アルベリク様と目が合った。

「あ——ごめんなさい。わたし、違うほうばかり見ていて」

「かまわないよ。私が勝手にきみを眺めていただけだ。なんというか、こう……かわいくて仕方がない」

アルベリク様は困ったように息をついて、わたしの左手を握り込む。

心なしか、いつもより彼の手が熱く感じる。

「隣にいてくれて、ありがとう。ミレイユ」

陽の光を浴びたアルベリク様の笑みは、世界じゅうの人々を幸せにできるのではないかと、途方もないことを考えてしまった。

彼の笑顔が眩しいのか、それとも陽射しのせいなのかわからなくなる。

「アルベリク様のお隣にいさせていただけることが嬉しいです」

わたしは「ありがとうございます」と言葉を足して、アルベリク様に視線を返す。

ぎゅっ……と、それまでよりも強く手を握られた。

彼の温かさが身に染みる。幸せを、実感する。

ほどなくして馬車は教会に到着した。四角い双塔と、三連アーチの厚い入り口が印象的なこの教会は、前世でもよく知るところだ。

天ジャのシナリオでは、結婚式を迎えればハッピーエンド――ゲームクリアなのだ。

まさか実際に、この教会に立ち入ることができるなんて……！

感動しながら、アルベリク様と一緒に祭壇の前へ進み、司祭の言葉を聞いた。

体の向きを変えて、アルベリク様と向かい合う。

この場所に来ることができるだけでもむせび泣きそうだったというのに、いま目の前にはアルベリク様がいる。

「誓いのくちづけを」と、司祭に促される。

アルベリク様はわたしのヴェールをそっと後ろへ退けた。

想いが通じ合ってから今日まで、アルベリク様とは何度もキスを交わしてきたけれど、いまが初めてのように緊張する。

そんなわたしの緊張を感じ取ったのか、アルベリク様はごく小さな声で「大丈夫、激しくはしないよ」と囁いた。

激しく――って。

最近はたしかに、唇が一度重なるだけでは終わらないことが多い。

頰を熱くしているわたしに、アルベリク様は宣言通り、触れるだけのキスをして愛を誓ってくれた。

無事に誓いを終えて教会の外へ出る。

祝福を告げる鐘の音は、ゲームで聞いたのよりも重々しく、体の中にまで響いてくるようだった。

教会からソニエール公爵邸に戻ったわたしたちは装いを新たにして、参列していたゲストたちを大広間でもてなした。

晩餐会《ばんさんかい》が始まるなり、マノン様に声をかけられた。

「ミレイユ、おめでとう。今夜はどうか自分のことだけ考えていてください。わたくし、今夜はひとりでも頑張れます」

いきなりの発言に驚いていると、マノン様は続けて言った。

「先々では、また頼りにさせていただきますから」

ああ、どうしよう——嬉しくて泣きそう。マノン様は着実に成長なさっている。

わたしは涙をこらえて「はい！」と返事をした。

晩餐会のあとは、湯浴みをして主寝室へ行くことになっている。

本日の予定は残すところそれだけだ。

それだけ、ではあるのだけれど。

天ジャでは、挙式と晩餐会を終えればエンドロールが流れる。

もちろん、いまはこの世界が現実だから、エンドロールを見ることはできない。

まだまだクリアでは、ないわ。

挙式を終えて初めての夜は、どんなシナリオにも描写がなかった。

前世の記憶があるし、今世では閨《ねや》教育を受けたから、初夜について最低限の知識はある。

ええと、まずは自分の部屋で湯浴みをして身を清めて、それからメイドに香油を塗ってもらうのよね。そのあとは——。

わたしはアルベリク様と並んで廊下を歩きながら、ひとりであれこれと考えを巡らせていた。

「ミレイユ。主寝室はこっち」

「えっ？」

アルベリク様に手を引かれ、私室ではなく主寝室へ向かう。

「あの、アルベリク様？　なにか急務でしょうか」

これからの予定は彼も把握しているはずだ。主寝室でなにか急な用事でもあるのだろうかと思った。

「いや――」

短い返事をして、アルベリク様はどんどん歩いていく。わたしはただ彼についていくばかりだ。

主寝室に着くと、アルベリク様はすぐに扉の内鍵をかけた。

彼の両手が伸びてきて、ぎゅうっと抱きしめられる。アルベリク様はわたしの肩に顔を埋めた。

「愛している。大好きだ、ミレイユ」

耳元で囁かれたその言葉に身も心もくすぐられて、ぞくぞくする。

わたしがなにか言う前に唇を奪われる。

「ふ、っ……！」

突然のことに驚きながらも、わたしはアルベリク様の背中に手を添えた。そうしていなければ、気持ちよさのあまりふらついてしまいそうだった。

キスはどんどん深くなる。熱い舌が入り込んできた。

わたしは両手に力を込めて、必死にアルベリク様に縋る。すると彼の舌の動きがもっと激しくなった。

「ん……、んっ」

肉厚な舌は口の中を動きまわったあと、わたしの舌を絡め取って放さなかった。

情熱的なディープキスにはいつも翻弄される。そのせいで、呼吸がままならなくなる。

わたしの息が乱れていることに気がついたらしいアルベリク様が、そっと唇を離した。

「──ごめん、我慢していたから」

艶《なま》めかしく息をつき、アルベリク様は言い足す。

「挙式が始まってからも、きみへの愛しさが募っていた」

頬を両手で覆われ、撫でまわされる。そうすることでも愛情を示されているようだった。

「ずっとだって愛していると言いたかったし、こうしてキスもしたかった」

そうしてまた、ちゅっとキスされる。

「何度くちづけても足りない」

繰り返し唇を啄《ついば》まれるものだから口を挟めなかった。キスされるのが気持ちよくて、ぼうっとしてしまっているせいもある。

「いますぐきみが欲しい。ミレイユのすべてを知りたい」

アルベリク様の青い瞳が、情熱の炎を宿している錯覚に陥った。

青く煌めくサファイアの瞳に射貫かれたまま、動けなくなる。

「ミレイユ」

両手の指に長い指を絡められた。

イエスかノーかで答えなければいけない気がしたわたしは「はい」と答える。

こんなに求めてくださるのだもの。

わたしだってアルベリク様を愛している。だから全力で応えたい。

アルベリク様は軽々とわたしを横抱きにして、キングサイズのベッドへ歩く。

広いベッドの上にそっと下ろされた。

アルベリク様はジャケットを脱ぎ、ドレスシャツの襟元を緩める。首のボタンを三個、外していた。それだけで、ものすごく色っぽい。

彼の姿に魅入っていると、人差し指と中指で頰を辿られた。

「なにを見ているの」

「あ……アルベリク様、を」

外されたボタンから少しだけ覗いている、彼の胸板を見ていたのだとは言えなかった。

「ミレイユから向けられるものはすべてが心地いいな」

独り言のように呟いて、アルベリク様はわたしの背中に両手をまわした。

晩餐会用のウェディングドレスはマーメイドラインで、ドレス全体に月桂樹を模したレースが施されている。

このドレスは体にぴったりとフィットしているのだけれど、背中の編み上げ紐《ひも》を解かれればすぐに全体が緩んでしまう。

アルベリク様はコルセットの紐もすべて手探りで解いてしまわれた。

以前から思っていたけれど、アルベリク様ってすごく器用だわ。

非の打ち所がない――と、あらためて感じる。

そんなことを考えているあいだに、すっかり緩みきったウェディングドレスの胸元を下へずらされた。

「ひゃっ！」

急に乳房が露わになってしまったので、とっさに両手で胸を押さえた。

「隠してしまうの？」

アルベリク様は微笑しているものの、眉間には不満そうな皺が寄っている。

「あ、その……びっくり、して」

「驚かせてしまったんだね。ごめん」

胸を押さえている手の甲にちゅっとくちづけられた。心臓がドキッと弾む。

彼はなにも言わずに、わたしの両手にひたすらキスをしてくる。手の甲だけでなく指先にも、柔らかな唇で触れられた。

わたしが「びっくりした」と言ったから、その感情を宥めようとなさっているのかもしれない。

でも、ちょっと――落ち着かない。

わたしの両手を隔ててはいるものの、胸のすぐそばに彼の顔がある。

胸が露わになった驚きよりも、羞恥心のほうが大きくなっていく。

「ミレイユの手は、小さいね」

そう言うなりアルベリク様は、わたしの手で覆うことができていない乳房の端のほうにも唇を寄せた。

「あっ……！」

両手にくちづけられるだけでも気持ちがいい。それなのに乳房にも同じことをされると、もっと悦《よ》くなる。

自然と両手に力が入らなくなり、気がつけばふたたび胸を晒《さら》していた。

やんわりと両手首を摑まれ、シーツの上に磔《はりつけ》にされている。これではもう胸を隠せない。

ダイヤモンドのネックレスをつけたままだというのに、胸は明るみに出ている。アンバランスで、卑猥《ひわい》だ。

「鮮やかなピンク――」

アルベリク様が、恍惚《こうこつ》としたようすで呟いた。

どこのことを言われているのか、彼の視線を辿ればすぐにわかる。アルベリク様はわたしの乳首をじっと見つめている。

「うぅ……」

呻《うめ》いて体を捩《ねじ》る。そんなことをしても、乳首が尖《とが》っているのはどうしようもなかった。

アルベリク様に見られて興奮して、乳首が勃ち上がっている。ごまかすことはできない。

「健気に尖っているね」

楽しげな彼に、わたしはなにも言えなかった。

「……触るよ？」

彼の言葉に対して小さく頷く。恥ずかしくて声が出せないけれど、触れられたい気持ちはたしかにあった。

アルベリク様はわたしの両手首を解放すると、その手でふたつの膨らみを掴んだ。

「ん、ぅ」

わたしのようすを探るように、アルベリク様はゆっくりと両手を動かす。

指のあいだに挟まれている乳首が、もっと張り詰めた気がした。

「柔らかくて温かい」

微笑したまま、アルベリク様はなおも両手で乳房に揺さぶりをかける。

胸を揉《も》まれるのに慣れる――というのもどうかとは思うのだけれど、しだいに恥ずかしさが薄れてきた。

それを察知したように、アルベリク様の動きが変わる。

大きな手のひらで、乳房の形が大きく変わるくらい激しく揉みしだかれる。

「あっ、あぁ……ん、ふっ」

自分のものとは思えない、吐息混じりの声が出て焦る。

「かわいいね、ミレイユ」

笑みを深くして、アルベリク様はわたしの肩に顔を埋めた。

首筋に生温かなものが這《は》ったことで、ますます焦燥感が募る。

「わ、わたし……あの、湯浴みがまだですし……だから、汗が……」

しどろもどろになりながら言うと、アルベリク様はどこか上の空で「そうだね」と答えるだけだった。

「このままでは、嫌?」

恥ずかしくて言いわけしてしまったけれど、嫌なわけではない。

「いいえ」と答えたわたしの声は、虫が鳴くよりも小さかったと思う。

それでもアルベリク様はしっかりわたしの声を聞きとってくれたらしい。嬉しそうに相好を崩している。

アルベリク様の笑顔を見ていると幸せな気分に拍車がかかる。

ふたたび首筋を舐められ、ちゅうっと肌を吸われた。そのあいだもふたつの乳房を愛でられる。

「ん、ふ……う、うぅ……っ」

気持ちがよくてじっとしていられなくなったわたしは、ベッドの上で体をくねらせる。

「踊っているの？」

「や、あ……あの」

動かずにはいられないのだということを、どう伝えればよいだろう。

「わたし……その、気持ちがよくて……」

言ってしまったあとで恥ずかしくなり、頬が熱を帯びた。

「そう――もっと踊ってほしいな」

乳房は、乳首を避けるようにして摑まれていた。人差し指と中指のあいだに挟まれた薄桃色の突起を、二本の指で締め上げられる。

「ひぁっ！」

わたしはベッドの上で仰《の》け反《ぞ》り、体を左右に揺らした。

意図したことではないのだけれど、アルベリク様の要望どおり「踊って」いる。

ウェディングドレスは胸元を下へずらされただけだから、まだ着ている状態だ。わたしが体を動かせば、スカートの裾がひらひらと舞った。

乳輪のあたりを押さえている指が互い違いに乳房を押してくる。体だけでなく乳首まで、彼に踊らされているようなものだ。

どこもかしこも気持ちよく揺れ動いている。

アルベリク様はわたしの顔を見ながら、乳首を挟む指を変えた。親指と中指で、乳首の根元をつままれる。

「あ、んっ……！」

それまでよりも明確な快感を覚えて、つい大きな声が出てしまった。

「また驚かせてしまった？」

心配そうに首を傾げながらも、アルベリク様はわたしの乳首を人差し指でつん、つんと突いてくる。

「や、あっ……い、いえ……あ、あぅ……んん、んっ」

薄桃色の尖りを突かれるたびに脚の付け根がトクッ、トクッと脈を打って反応する。

乳首に触られるのって、こんなに気持ちいいものだったの？

このまま、ずっと触ってもらいたいだなんて思ってしまう。すっかり快感の虜だ。

楽しげな顔で、アルベリク様はわたしの乳首を弄《いじ》りまわす。

こりこりと強く押されればさらに気持ちがよくなって、自然と「ふぁあ……っ」と嬌声《きょうせい》

が漏れた。

「ミレイユの乳首、硬いね。どんな食感なんだろう」

……食感？

わたしの乳首は、食べ物ではない。

アルベリク様だってわかっていらっしゃるはずなのに、そういう言い方をなさったということは――。

期待感から胸が躍る。

アルベリク様を見つめていると、彼はわたしの視線に応えるように口角を上げ、頭を低くした。

胸を、間近で見られている。

羞恥心はあるものの、早く触ってほしくてたまらない。

「期待されているのかな」

わたしって、そんなにわかりやすい？

彼の言うとおりだったけれど、返事はできずに「んぅ」と唸った。

アルベリク様は笑って、赤い舌を覗かせる。彼はわたしの乳房を持ち上げるようにして掴み、その先端に舌を這わせた。

「ふっ、あぁ……！」

湿り気を帯びた乳首に、アルベリク様がくちづける。

「え？　あ……っ、んぅ」

てっきりまた舐めてもらえると思っていたわたしは拍子抜けしつつ、アルベリク様が乳首に唇を寄せるのを見つめる。

彼の唇は、薄桃色の頂に少し触れてはすぐに離れる。もどかしいのに気持ちがよくて、複雑だ。

キスを受けているのだから動いてはいけないはずだ。けれど、どうしても体が左右に揺れる。それでもアルベリク様は、少しもまごつくことなく乳房の先端を追っている。

軽やかなキスを繰り返したあと、アルベリク様はふたたび舌を出して、今度は乳輪を舐めたどっていった。

「ん、あぁっ……あ、ふぁ」

胸の先端にキスされるのと、こうして乳輪を舌で辿られるのでは感触が違うものの、どちらもすごく気持ちいい。

けれど、どんどん貪欲になる。

もっともっと、してほしくなる。

わたしの欲求を感じ取ったように、アルベリク様は息を漏らして笑った。整った口を大きく開けて、薄桃色の頂をぱくっと食む。

った。

「ひぁっ……！」

わたしの体は仰向《あおむ》けのまま上下に弾む。それでもアルベリク様は乳首を口にしたままだった。

凝り固まっている乳首をちゅうっと吸い立てられたあとは舌で舐め転がされた。

アルベリク様は口と舌で、乳首の感触を確かめようとなさっている。

ちゅぽっと水音を立てながら唇を離すと、アルベリク様は口角を上げた。

「美味しい」

果実を口に含んだときのような感想だけれど、さっきまで彼の口腔《こうこう》に収められていたのはわたしの乳首だ。

彼の顔は依然として胸のそばにある。上目遣いで見つめられ、視線が絡みつくようだった。そこはかとなく羞恥心を煽《あお》られる。

「もっと食べさせて」

アルベリク様はふたたびわたしの乳首に食らいつく。唇で、はむはむと乳首を挟んで刺激される。

「あぁ、ふっ……うぅ」

息が弾み、脚の付け根にはっきりと違和感を覚えた。体の中で、そこがひときわ熱くなっている。

わたしはこっそりと両脚を擦り合わせて、熱を外へ逃がそうとした。

ところがアルベリク様はわたしのささやかな動きに気がついたらしく、顔を上げた。

「ここ――疼く？」

下腹部に手を添えられた。ウェディングドレスの内側は確かに、ひどく疼いている。

正直に「はい」と答えれば、アルベリク様は嬉しそうに口の端を上げた。

純白の裾をするすると引き上げられる。

ドロワーズはきちんと穿《は》いているものの、太ももを持ち上げられて左右に開かされれば自然と下着のクロッチも両側に広がって、秘所が明るみに出てしまう。

「あっ……アルベリク様」

呼びかけると「うん」と返事があった。けれど彼の視線はわたしの顔には向かない。脚の付け根ばかりをしげしげと観察している。

ただ、見られているだけ。

それなのに、視線を受けている箇所がトクッと脈を打つ。興奮してしまっている。

胸の先端が、ぷくっと膨らんだ気がした。

アルベリク様が身を屈める。いっそう近くで、秘めやかな箇所を凝視される。

「濡《ぬ》れているね」

優しい声で指摘された。わたしはなにも答えられない。

アルベリク様の指先が、クロッチの端を押しながら辿っていく。ドロワーズも濡れているのが感触でわかった。下着が肌に貼りつく感じがする。

全身の血が沸騰してもおかしくない。大きな羞恥心に苛《さいな》まれる。

けれどそれと同じくらい、熱っぽい視線を向けられる悦《よろこ》びに浸っている。

不意にアルベリク様が「ふ」と笑った。

「溢れてきてる。嬉しいな」

楽しげな呟き声を聞いて、左右に開いている両脚がピクッと震えた。

快感を訴える愛液がわたしの中から溢れてきていることに、アルベリク様は喜んでくださっている。

「ん、う……」

陰唇の端を、指でぬるぬると押される。そんなところにまで愛液が広がっているのだと思うとよけいに恥ずかしくなる。

「は、あぁ」と声を漏らしながらわたしは身じろぎした。

秘めやかなその箇所を、アルベリク様の指がぐるぐると楕円状《だえんじょう》に周回する。

気持ちがよくて、脚の付け根が上下に波打つ。そんなふうに動かしているつもりはないのだけれど、快感を与えられるたびにうねってしまう。

「ミレイユ、かわいい。そのまま自由に動いていて」

「あ、んっ……は、はい……あ、あぅ……っ」

肯定されたからか、快感が倍増する。

陰唇の中央にある粒のまわりを指で擦られて、たとえようのない心地よさに包まれる。

アルベリク様はわたしの顔と脚の付け根を交互に見遣り、愉《たの》しげに息をついた。

用を足すための、花芽に似た小さな粒を指でそっと突かれる。

「ふぁ、あっ！」

それまでとは比べものにならないほど強い快感が迸《ほとばし》った。

剝《む》きだしだった乳首がぴんっと硬く勃ち上がり、下腹部がドクドクと脈を刻んで高鳴る。

少し突かれただけなのに、どうして？

その小さな粒が、こんなに敏感だなんて知らなかった。

もっと触ってほしいと思ってしまうのは、理性が働いていないからだろうか。

つん、つんっと、花芽を指で押される。

「ひあぁ、あっ……！　んん、あぁ……っ」

全身が弾む。乳房がぷるぷると揺れている。それを、愉悦じみた笑みを湛えたアルベリク様が眺めている。すごくえっちだ。

「よく膨らんでる……」

彼がなにを見つけたのか、すぐにはわからなかったのだけれど、ここだと言わんばかりに花芽を押されたことで自覚した。

興奮しているから、その箇所が膨らんでしまうのだろう。

「あん、ぁっ……あぅ、はぁっ……」

口はずっと開いたまま、閉じることができない。吐息混じりの喘《あえ》ぎ声ばかりが出てくる。

アルベリク様は、膨らんだ花芽をくりくりと押してくる。

ただでさえ敏感なその箇所が、もっとそうなってしまっている。

口を噤《つぐ》んでいることができずに「あ、んんっ」と高い声を出し続けている。先ほどから
ずっとそうだ。

「ミレイユ、ありのままでいいからね。遠慮はしないで」

ありのまま、遠慮せずに声を上げてもいい――ということ？

そうやって許されるとますます快感が高まり、心も体も開放的になる。

わたしが頷けば、彼の指が花芽を擦りはじめた。

「あっ、あぁっ……あ、んっ！」

指はぬるぬると花芽の上から下までを何度も往復する。初めは緩慢だったのに、しだい
にその動きが加速していった。

「ふあぁ、あっ――」

あまりにも強烈な快楽を与えられて、自分を見失いそうだった。

ううん、もう見失ってる。

恥ずかしいだとかはしたないだとか、そういうことをまともに考えられない。

空恐ろしくなって、わたしは口を開く。

「やっ、やぁっ……そんな、擦っちゃ……だめ……あっ、あんぅっ」

みっともない声を上げて、わたしはぶんぶんと首を振る。

「擦っちゃだめ？」

どうやら彼はわたしの言葉をそのまま使ったらしい。

軽い調子で尋ね返されて、どう答えればよいのかわからなくなる。

こんなに素早く擦られたらおかしくなってしまいそうだけれど、やめてほしくはない。

「わたし……あぅ、あっ……や、やめてほしいわけじゃ……んん、ふぁ、あっ」

なにを言っているのだろう。矛盾している。

「うん、わかっているつもりだよ。ミレイユ、大丈夫だから――私に身を任せて」

アルベリク様はいつもわたしを安心させてくれる。

「ん、んっ」と喘ぎながら首を縦に振ると、アルベリク様は笑みを返してわたしの乳首をつまんだ。

「ひぁあああっ⁉」

急に胸の頂をつまみ上げられて、驚くのと同時に快楽が増す。

くにくにと乳首を捏《こ》ねながら、アルベリク様は花芽を擦る指の動きをさらに激しくした。

「あ、あっ……だめっ……わたし……あぅっ、あぁ、あぁあぁっ……！」

自分がなにを叫んでいるのか、わからなくなった。

快感が最高潮に達して、下腹部を中心にドクンドクンと全身が脈打つ。

息が整わない。体じゅうに快感が広がっていく。そしてその快感が、いつまでも尾を引いている。

「達したんだね」

相変わらず嬉しそうに、アルベリク様は笑っている。

ちゅっと、唇にひとつだけのキスを落とされる。絶頂に達した直後だからか、一度のキスでも胸の先端が尖ってしまうほど心地いい。

アルベリク様はわたしのドロワーズに手をかけて引き下げ、足から抜けさせた。

ウェディングドレスはお腹のあたりでもたついたまま、乳房と陰唇だけはしっかり晒している。

いまさらながら、純白のドレスを着たままこんなことをしていていいのだろうかという背徳感に苛まれる。

「あの、アルベリク様？　わたし、ドレスを脱ごうかと……」

「うん？　どうして？」

理由を尋ねられると思っていなかったわたしは少し慌ててしまう。

「ドレスを着たままですと……なんだか……その、卑猥な気がして」

恥ずかしさを押して言うと、アルベリク様は「そうだね」と頷いた。

「でも、どんな恰好でもミレイユは煽情《せんじょう》的だよ」

その言葉のあとすぐに、彼の指がわたしの内側に侵入した。

「んっ、あっ……！」

蜜の溢れ口に沈んだ指が、わたしの中の浅いところをくすぐる。探るような指遣いだからか、くちゅっ、くちゅっとしきりに水音が立つ。

「柔らかくなって、蕩けてる」

彼がぼそりと言った。頬だけでなく耳まで熱くなる。

「真っ赤だ」

人差し指でとんっと頬を突かれたわたしは「んぅ」と唸る。恥ずかしすぎて、なにも言えない。

アルベリク様の指は蜜壺の中をじりじりと進む。

異物感が大きくなったものの、痛みはない。

頬にあてがわれていた人差し指が鎖骨を通って、胸の先端まで下りてきた。乳首を押されながら、もう片方の指で蜜壺の中を弄られる。

「あぁ……んっ、うぅ」

指がわたしの内側を前へ後ろへと往復しはじめる。異物感が消えて快感だけが残った。

アルベリク様は蜜壺を指で解すように、内側を押し広げるように指を動かしている。

「蜜が滴ってくる」

そんなふうにしているのは、まぎれもなくアルベリク様だ。

アルベリク様が巧みに指で蜜壺を掻《か》きまわすから、次から次に愛液が零れる。

ひとりでに腰が揺れる。「もっと」とせがんでいるように見えるかもしれない。

「ミレイユ――」

切なげに名前を呼ばれた。アルベリク様はなにかを強烈に訴えるような、真剣な顔つきをしている。

「きみとひとつになりたい」

「は、はいっ……よろしくお願いいたします」

動転してつい、そんな言い方になってしまった。

それがおかしかったらしく、アルベリク様は珍しく「ははっ」と声を上げて笑った。

そのあとで、彼はわたしの中からそっと指を引き抜いた。

アルベリク様がドレスシャツを脱ぐのを、わたしは凝視していた。鍛え上げられた体を目にして、逸らすことができない。

脱いだら本当にすごかった。

均整の取れた体つきに惚《ほ》れ惚《ぼ》れする。

わたしがアルベリク様の上半身に釘付《くぎづ》けになっているあいだに、彼は準備を整えていた。

いつのまにか彼のトラウザーズが引き下げられ、大きくそそり立つ雄の象徴が露わになっている。

それまで彼の指が入っていた箇所に、今度はもっと大きなそれを突き立てられた。

「あ……っ」

少しだけ怯《ひる》む。

破瓜《はか》には痛みがあるとわかっていたし、覚悟もしていたけれど、いざとなると身構えてしまう。

わたしの顔が強張っていたのか、アルベリク様が優しく頬を撫でてくれた。すりすりと繰り返し撫でられているうちに落ち着いてくる。

アルベリク様の右手は頬から胸のほうまで動いて、そのまま乳房の先端を捏ねはじめた。

「ふ……ぅ……」

乳首を弄られるとやっぱり気持ちがよくて、体からよけいな力が抜ける。

そうして、アルベリク様がわたしの中に入ってくる。

初めは圧迫感だけだった。

ところが彼の楔《くさび》が奥へ進むにつれて、乳首を捏ねまわされる快感とは相反する大きな痛みに襲われる。

「う、あぁ……く、ぅ」

涙が出ないようにと必死にこらえていたけれど、自制できなくなる。

目尻から涙が溢れて止まらない。

「つらいね――」

悲痛な面持ちで、アルベリク様がわたしの痛みに寄り添ってくれる。

その心遣いが嬉しくて、よけいに涙が出てくる。

「ミレイユの痛みが引くまで、しばらくこのままでいるから」

絞りだすような声だった。

アルベリク様はわたしの乳首を指で丹念に愛でてくれる。いっぽう彼自身は、少しも動かずにじっとしていた。

しだいに痛みが薄れてくる。

すると、彼とひとつになれたという歓《よろこ》びがふつふつと込み上げてきた。

アルベリク様と夫婦になって初めての夜。

前世を含め、わたしが知らなかったこと。

それを彼と一緒に知っていくことができる。

嬉しくて、破瓜の痛みなんて完全に消えてしまった。

「アルベリク様？　あの……もう、大丈夫です」

ずっと動かずにいるのはきっと、彼のほうがつらい。

「本当？」

彼の眉間には皺が寄せられている。いつもと違って余裕のない表情だ。

わたしは「はい」と、はっきり答えた。

するとようやくアルベリク様は安心したらしく、その頬が緩む。

静かに、それでいて存在感を放ちながら彼の楔が動きはじめる。

「あっ、ぅ……ん、んっ……」

体の内側を擦られるのは、乳首や脚の付け根を弄られるのとはかなり感覚が異なる。

気持ちがよいのには違いないけれど、繋がり合っているその箇所がひどく熱を持っているようだった。

アルベリク様の楔が蜜壺の中を前後するたびに焦熱が全身へ広がっていく。

「ミレイユ――熱い」

少し掠れた声でアルベリク様が言った。

「ん、う……ん、わたしも……同じ、です」

彼がわたしと同じ感じ方をしていることが嬉しかったせいか、快感がいっそう強くなる。

「こんなふうに、ひとつになりたかった。ずっと――」
アルベリク様の息が乱れている。わたしもそうだ。
吐息が混ざり合い、抽挿が速さを増す。がくがくと視界が揺れて定まらない。
それなのに、幸福感はどんどん大きくなっていく。体の中を揺さぶられる歓《よろこ》びに浸る。
無性に彼の名前を呼びたくなる。
「ふぅ、うっ……あぁ……っ、アルベリク、様……！」
するとアルベリク様はすぐに「ミレイユ」と答えてくれた。
律動がますます勢いづく。
目の前がちかちかして、星のようなものが飛びはじめる。
蜜壺の奥まったところを楔がずん、ずんっと穿《うが》つ。
息を吸っているのか吐いているのか、わからなくなってきた。
「あぁ、ふっ……わたし、もう……あぁ、ひぁぁあっ――……っ！」
抑えようのない大声が口から出てしまう。
アルベリク様が「く、う――」と唸り声を上げた。
ドクンッ、ドクンッという脈動に包まれる。
快感のいちばん高いところに昇りつめたあとは、その余韻を味わう。
全身が脱力して、少しも力が入らなかった。

アルベリク様はわたしの中からそっと楔を引き抜いた。

「ドレスを脱ぎたいと言っていたよね。脱がせてあげる」

額に汗を滲ませたまま、アルベリク様はわたしのウェディングドレスを剝《は》ぎとっていく。

わたしはなにも言えなかったし、なにもできなかった。

一糸まとわぬ姿になったわたしを、アルベリク様は舐めるように見まわす。

秘めやかな箇所はもう見られてしまっているけれど、裸の状態でじろじろ見られるのはなかなかこたえる。

わたしは寝返りを打ってうつ伏せになり、自身を隠す。「見ないで」とお願いしても聞き入れてもらえないと思った。

「お尻を見せてくれたの？　ありがとう――そこもじっくり見たかったんだ」

そうしてお尻を撫で摩られる。

「そういうわけでは……あ、やぁっ……！」

お尻から太ももの裏側に指が伝って、前のほうへと伸びてくる。

わたしはまた気持ちよくなってしまい、高い声を上げるのだった。

ついに花実祭の日がやってきた。

花実祭は王宮で催される。貴族の階級に関係なく、広場に皆が集まって花を愛で、旬の果物を味わうという祭りだ。

天ジャのシナリオ上では、ゲームのヒロインが攻略対象のクリストフ殿下と出会う日でもある。クリストフ殿下ルートはそこから始まる。

ヒロインのイネスさんは男爵令嬢。遠方からリトレ国にやってきて、王宮で侍女として働きはじめる――という設定だ。

王宮で侍女をしている知人の令嬢から聞いた話では、イネスという名前の同僚はいないそうだ。社交界でもまだ見かけたことがない。

実際、この世界にイネスさんがいるのかどうか定かではないけれど、わたしが知るかぎり主要な人物はすべて登場している。

モブのわたしまでちゃんと存在しているんだもの。

ヒロインのイネスさんがいない、ということはまずないだろう。

ゆえに、ここからが本番のようなものだ。

太陽が高く昇るころ、わたしはアルベリク様と一緒に王宮の広場へ向かった。

白とグレーのタイルが幾何学模様になるよう敷き詰められた広場には花と果物の屋台がずらりと並んでいた。

わたしはすぐにマノン様とクリストフ殿下の姿を探しはじめる。

「クリスとマノン嬢を探しているね?」

アルベリク様がしたり顔でわたしを見つめてくる。正直に「はい」と答えれば、アルベリク様は「やっぱり」と笑った。

「じつはクリスと待ち合わせしている。ミレイユが彼らを心配するだろうと思って」

アルベリク様は本当になんでもお見通しだわ。

その上でわたしを気遣ってくれる。嬉しいかぎりだ。わたしは「ありがとうございます」とお礼を言って、歩きだしたアルベリク様についていった。

マノン様とクリストフ殿下は大きな噴水の前にいた。クリストフ殿下はやっぱり令嬢たちに囲まれている。

「アル、やっと来たな。待ちくたびれた」

クリストフ殿下がそう言うと、令嬢たちの視線は一気にアルベリク様へと集中した。

「すまない、こんなに早く来ているとは思わなかった。マノン嬢も、待たせてしまったね」

「とんでもないことでございます」と、マノン様がほほえむ。

わたしもまたふたりに「お待たせいたしました」とお詫びを入れた。

「さっそく屋台をまわろうか、クリス。四人で」

アルベリク様の先導でわたしたちが歩きだすと、そばにいた令嬢たちは自然と散り散りになっていった。

アルベリク様は、クリストフ殿下のまわりにいた令嬢たちを遠ざけるために「四人で」とおっしゃったのだろう。

屋台に並べられた花々を見て、アルベリク様は興味津々といったようすだった。

マノン様とクリストフ殿下はというと、ふたりで仲良く花を贈り合っていた。

そのあとは果物をお腹いっぱい食べる。

花はきれいだし、果物は美味しいし、すごく楽しい——けれど。

気がかりはイネスさんだ。彼女を見つけなくてはいけない。

そう思った矢先、少し離れたところにある屋台がバランスを崩し、地面に果物が散らばった。

屋台のすぐそばにいた黒い髪の女性が、果物を避けるようにしてその場に座り込む。

わたしはその光景を見てドキッとした。

果物が散乱したのは、屋台の四本脚のひとつが老朽化で脆《もろ》くなっていたから。

これは、クリストフ殿下ルートの始まりを告げるイベント——。

広場の地面に座り込んでいるのはイネスさんだと、すぐにわかる。黒髪のミディアムヘアで、髪はふわふわと内側に巻かれている。ゲームのヒロインとまったく同じ容姿だ。

崩れた屋台の近くにいたクリストフ殿下がイネスさんのもとへ駆けつける。

イネスさんが顔を上げた。その瞳は琥珀色《こはくいろ》だった。

間違いない。彼女が、天ジャのヒロインだ。

「屋台の脚が崩れたようだね。さらにバランスを崩すかもわからない。皆、ここから離れるように」

わたしの隣にいたアルベリク様が、よく通る声で言った。

周辺にいた人々はアルベリク様の言葉に従って離れていく。

クリストフ殿下は、イネスさんの手を取って立ち上がらせると、安全な場所まで連れていっていた。

どうしよう、ふたりのあいだに割って入るべき？

マノン様は心配そうな顔をして、クリストフ殿下の後方にいる。

イネスさんは、見たところ怪我《けが》はしていないようだった。そもそも天ジャでは、ヒロインが落ちてくる果物に驚いて座り込むという設定だった。それがまさに再現されている。

けれど、クリストフ殿下がイネスさんを見初めるとは限らない。マノン様とは良好な関係なのだ。

イネスさんと出会ったからといって、クリストフ殿下が急に目移りするとは思えない。殿下とマノン様の絆《きずな》を信じて、見守ろう。

「ミレイユ？　さっきからなにを気にしているの？」

指摘されてドキッとする。

「いっ、いいえなにも」

声が裏返ってしまった。

アルベリク様が疑わしげな目で見つめてくる。いたたまれない。

「ふうん」と、彼は口の端を上げたまま目を細くした。

アルベリク様に隠し事はしたくないけれど、なにをどう説明すればよいのかすぐには思いつかなかった。

そうこうしているあいだに、クリストフ殿下とマノン様がわたしたちのところに戻ってきた。

「アル、仕事だ。ほかにも老朽化している屋台がないか、調べよう」

「私も同じことを考えていたところだよ。ミレイユとマノン嬢は、すまないが王宮に戻っていて」

わたしたちはそれぞれ「承知いたしました」と返事をした。

アルベリク様とクリストフ殿下は従者たちに指示を出している。イネスさんの姿はもうない。

出会いのイベントが、終わった。

天ジャのシナリオとは異なる結末で。

本来のシナリオでは、クリストフ殿下がイネスさんを連れて王宮のサロンへ行くことになっていた。

でも、そうはならなかった。

わたしはほっとしながら、マノン様と一緒に王宮へ歩く。

ただ、イネスさんには申し訳ないという気持ちもある。

事情を打ち明けるべき?

わたしはその考えをすぐに否定する。

イネスさんと顔見知りでもないわたしがいきなり「ここはゲームの世界」だと話しても、信じてもらえないだろう。

それにイネスさんが出会える男性は、クリストフ殿下だけではない。隣国の王太子など、ほかにも複数の攻略対象者がいる。

今後イネスさんと接する機会があって、仲良くなることができればこのことを話せるけれど、現時点では無理だ。

そう思い至ったわたしは、しばらくようすを見ることにした。


花実祭から一週間が経つころ。

王宮で侍女として働いている知人の令嬢がソニエール公爵邸を訪ねてきた。

わたしは彼女をサロンでもてなしながら話を聞く。

「ミレイユ様は以前、イネスという侍女がいないかお尋ねになりましたよね？　その女性が王宮で働きだしまして――」

令嬢の話では「どうしてイネスが見初めてもらえないの⁉　クリストフなんてたかがゲームキャラのくせに生意気！」と、意味のわからないことを叫んで憤っていたのだという。

令嬢は困惑した顔のまま言う。

「ゲームキャラというのがなんなのかわからないのですけど、王太子殿下にかかわることでしたらミレイユ様にご報告申し上げたほうがいいと思いまして」

何年も懇意にしているこの令嬢は、わたしがマノン様とクリストフ殿下の仲を取り持ちたいのを知っている。

「ありがとう、とても助かるわ。けれどこのことは、他言しないようにお願いできる？」

「はい、もちろんでございます」

わたしはもう一度「ありがとう」とお礼を述べて、ティーカップを手に取った。

ティーカップのハンドルをつまむ指が震える。わたしは必死に動揺を押し隠して紅茶を飲んだ。

イネスさんは、わたしと同じ転生者なのだわ。

そして、この世界に存在する人々をゲームのキャラクターだとしか思っていない。

わたしも初めはそうだった。

けれど自分も含め、この世界で確かに生きている。ゲームのようにやり直しは効かない。すべてが現実なのだから、ここに生きる人々も前世のときとなにも変わらないのだ。

イネスさんにはやっぱり、まだ打ち明けられない。

この世界はゲームの中であってそうではないのだと理解してもらえる見込みが立つまで、わたしも転生者なのだということは、ひとまず隠しておいたほうがいい――。

第四章　湯面の花びら

陽射《ひざ》しのない曇りの日。

わたしとアルベリク様はコルトー伯爵領へ向かう馬車に乗っていた。

ソニエール公爵家が所有する四頭立ての馬車は立派で、座面はふかふかだし、そう大きく揺れることもない。

わたしはアルベリク様に肩を抱かれ、彼とぴったり寄り添った状態で座席に座っている。

太陽は雲の向こうに隠れてしまっているけれど、初夏が近づいてきているからか寒くはなかった。

窓から外を眺め、これからのことを考える。

マノン様とクリストフ殿下は着実に愛を育んでいっている。マノン様は、以前よりもわたしにアドバイスを求めてくることが減った。ご自身で上手に応対なさっていると感じる。

そうしてふたりがお互いに想《おも》い合っていることが、傍目《はため》から見てもよくわかる。

すべてがうまくいっているわ。

破滅の未来は、回避できた――？

ただ、イネスさんのことが気がかりではある。

いまのところイネスさんに変わった動きはないのだと、知人の令嬢から聞いた。

イネスさんと直接、話をしたいとは思っているけれど、どう接していけばよいのか考えあぐねているところだ。

「……ミレイユ」

どれくらいのあいだそうされていたのか、目の前に手のひらをかざされていた。

これでは景色が見えない。窓の外を眺めているようで、そうではなかったことがアルベリク様に知られてしまった。

「また物思いに耽《ふけ》っていたね？　そうやって熟考している姿も好きだけれど――」

目の前にかざされていた手が頬《ほお》を覆う。ゆっくりと、優しく彼のほうを向かされる。

アルベリク様はわたしに顔を寄せてから言う。

「キスしていい？」

内緒話をするときのような声に全身をくすぐられる。サファイアの瞳もまた美しすぎて、考え事なんて吹き飛んでしまう。

小さく頷《うなず》けば、すぐにちゅっと唇を重ねられた。

抱きしめられてもなおキスが続く。アルベリク様はドレスの背中を撫《な》でまわしている。

啄《ついば》むようなくちづけをしたあと、アルベリク様は唇を離してわたしの顔を見つめた。

「もっと触りたいな……」

甘やかな声でねだられる。

「じかに触って、確かめたい。ミレイユが私の妻なのだということを」

アルベリク様は切実そうな顔のまま、またキスをしてくる。

彼の唇は柔らかくて温かい。わたしは言葉ではなにも返せずに、ひたすらキスに応えていくばかりだ。

キスのあと、アルベリク様はごく間近で言葉を継ぐ。

「ただ——どれだけきみに触れていてもすぐ足りなくなってしまうから、自分でも少し困っている」

苦笑している彼に、わたしは「アルベリク様を困らせたくありません」と言った。

「それは、もっときみに触れてもいいということ？」

「……はい」

恥を忍んで肯定した。

彼を困らせたくはないし、触れられたい気持ちもある。

アルベリク様だけが望んでいることでは、ないわ。

青い瞳に視線を返せば、アルベリク様は「ありがとう」と笑って、わたしのドレスを乱しはじめた。詰め襟のボタンを上から順に外される。

彼には首筋にキスマークをつけられてばかりだから、最近は詰め襟のドレスを着たり、首元をスカーフで隠したりしている。

くるみボタンをお腹《なか》のところまで外され、襟元が緩む。アルベリク様はドレスの内側に両手を潜り込ませて、コルセットの編み上げ紐《ひも》を手探りで素早く解いていった。シュミーズの前ボタンも、外されるまであっというまだった。シュミーズの襟を左右に退けられて、ふたつの乳房が露出する。

「ん、うぅ」

胸が明るみに出ただけでも感じてしまう。アルベリク様が熱心に乳房を見つめてくるせいだ。

ねっとりとした視線を受けながら、ふたつの膨らみを鷲掴《わしづか》みにされる。

ふにふにと、感触を確かめるようにアルベリク様は両手を動かす。

こういうことをしていいのは確かに夫婦だけだわ。

わたしもまたアルベリク様と夫婦になったのだということを実感して、いっそう気持ちがよくなる。

アルベリク様は、わたしが思っていたよりもえっちだ。

キスはもう当たり前だ。そしてふたりきりになれば、すぐにこうして秘めやかな箇所を弄《いじ》られる。

けれど嫌じゃない。

与えられる快感にいつも溺れて、幸せな気分になる。

神様に永遠の愛を誓って以来、蕩《とろ》けるように甘い新婚生活を送っている。

彼の手の動きが激しさを伴ってきた。ぐにゃぐにゃと胸を揉《も》まれる。

「あっ、あ……ん、あぁっ……」

「声は、少し抑えてね。御者に聞こえてしまうから」

いたずらにきゅっと乳首をつままれたものだから「んっ！」と声が出る。

アルベリク様は楽しそうに「だめだよ」と釘《くぎ》を刺してくる。

面白がっていらっしゃる？

口を尖《とが》らせて見つめてみても、アルベリク様はほほえむばかりだ。極上の笑みを浮かべたまま、わたしの乳首をこりこりと押し嬲《なぶ》ってくる。

そうかと思えばまたつままれて、きゅっきゅっきゅっきゅっと連続して引っ張り上げられた。

「ふぁ、あぁっ」

遊ぶような手つきがたまらない。

硬くなっている胸の尖りを指で上下に弾かれたわたしは、荒く息をしながらアルベリク様のジャケットを摑《つか》む。

なにかを摑んで手に力を入れていなければ、もっと大きな声を上げてしまいそうだった。

「かわいいな。縋《すが》られているみたいだ」

アルベリク様は楽しそうに言うと、さらに指の動きを加速させた。

馬の蹄《ひづめ》と、車輪が回る音。規則的な揺れ。ここは馬車の中なのに——という背徳感が、さらに快感を押し上げる。

「瞳が潤んできたね。乳首もこんなに硬くして……」

どこかしみじみとしたようすで、アルベリク様が唇を寄せてくる。

お互いの唇を深く重ね合わせれば、自然と舌も絡み合う。

ディープキスを交わしながら、胸の頂をめちゃくちゃに嬲られている。

快感が、とどまるところを知らずに膨れ上がっていく。

「んん、んぅう……っ！」

脚の付け根にある小さな粒が、快感にたえきれなくなって弾けたようになる。

そこから心地よい波が広がって両手に力が入らなくなり、わたしはアルベリク様のジャケットから手を放した。

名残惜しそうに彼の舌が遠ざかる。アルベリク様はわたしの顔を覗《のぞ》き込《こ》んだまま言う。

「達してしまった？」

「う……」

乳首を弄られてただけなのに。

脚の付け根には一切触れられていない。それなのに、果てまでいってしまった。

そのことが恥ずかしすぎて、わたしは下を向いて小さな声で「はい」と答えることしかできなかった。

コルトー伯爵領に到着したわたしとアルベリク様は、すぐに大広間へ向かった。

今日は大広間で、年に一度の宝石品評会が開催されている。

品評会にお客さんとして参加するのは初めてだ。アルベリク様と結婚する前は主催者側だった。

大広間の扉を開けて中へ入れば、すでにたくさんのゲストで賑《にぎ》わっていた。貴族平民を問わず毎年、多くの人が訪ねてきてくれる。

部屋の中央には大きな暖炉があり、天井と壁には金の装飾が施されている。床には赤い絨毯《じゅうたん》が敷かれ、いかにもな高級感がある。

わたしたちは父であるコルトー伯爵と、その近くにいた兄に挨拶をしてから、長机の上に並べられた数々の宝石を見てまわった。

「宝石について、愛《いと》しの妻にご説明願おうかな」

わたしが宝石に詳しいとわかっていらっしゃるからこその発言だろう。

なにを説明しよう。産出地について、あるいは加工の工程について？

けれど、そういう話では面白みがない気がする。

わたしは逡巡《しゅんじゅん》したあとで口を開く。

「見た目にも美しいこの宝石たちには、人々に力を与える効果があると言われています」

意外な説明だったのか、アルベリク様はほんの少し目を瞠《みは》った。そのあとで「それで？」と、笑みを深める。

「たとえばこのサンストーン」

わたしはすぐ近くの長机に置かれていた、オレンジ色のサンストーンに目を向ける。

「この宝石には、自信をつけたり積極性を高めたりする効果があると言われています。負の感情を一掃する、とも」

アルベリク様は顎に手を当てて「そう……」と、心ここにあらずといったようすで相槌《あいづち》を打った。

とたんにわたしは心配になる。

「ごめんなさい、もっと現実的なお話のほうがよかったですか？」

「いや、意外だっただけだよ。ミレイユにはロマンチストな一面もあるんだね」

いつになく弾んだ声でアルベリク様が言った。

「わたし……ふだんはそんなに現実的なことばかり言っています？」

「きちんと現実を見ているよね。いつも物事を順序立てて、なにが最善かよく考えている。神頼みや運任せということは、しないよね」

アルベリク様はくすくすと笑っている。

「ただ宝石に関しては違うのだと知ることができて、よかった」

彼が近づいてくる。

「私の妻は優秀で、魅力的だ」

耳元で囁《ささや》かれたわたしは、声を上げそうになるのをこらえるため口に手を当てた。

不意打ちするのはやめてもらいたい。そんなふうに褒められて嬉しいものの、公衆の面前で顔が真っ赤になってしまうから困る。

そんなわたしの心中を見透かしたように、アルベリク様はしたり顔でほほえんでいた。

その後はアルベリク様も交えて、知人のゲストたちと言葉を交わした。

これまでずっと主催者側だった癖でつい、大広間に出入りするゲストの顔を確認してしまう。ちょうどまたひとり、大広間に入ってきた人がいた。

あれは――イネスさんだわ。

天ジャのヒロインがコルトー伯爵家の品評会にやってくるというイベントはなかった。

イネスさんもまた転生者だから、シナリオと異なる行動をしていても不思議ではない。

でも、なんのためにここへ?

単純に宝石に興味があるのか、あるいはなにか別の目的があるのか。

なんだろう……胸騒ぎがする。

声をかけて確かめてみよう。それにイネスさんのことをもっと知るチャンスだ。いつかは彼女とよく話し合う必要がある。

イネスさんがクリストフ殿下のことや、ほかの攻略対象者のことをどう思っているのか知りたい。

わたしはイネスさんに声をかけるべく一歩、踏みだした。ところが、コルトー伯爵家のメイドが慌てたようすでやってきた。

「少しよろしいでしょうか」

メイドが潜めた声で言うので、いい話ではないとわかる。

わたしは壁際に移動してメイドの話を聞く。

「不躾《ぶしつけ》なことを申し上げます、ミレイユ様はお部屋の鍵をかけずに大広間へいらっしゃいましたか?」

「いいえ、今日は私室には行っていないわ」

メイドの顔色がもっと悪くなる。

「じつはミレイユ様のお部屋の近くで、外套《がいとう》を着込んで顔を隠した怪しい者を見かけたのです。まさかと思ってお部屋の鍵を確かめたところ、開いていて……」

わたしが息を詰めると、傍らにいたアルベリク様が「すぐにきみの部屋へ行こう」と提案してくれる。

わたしたちは大広間を出て、早足で私室へ向かった。

廊下を歩きながらメイドが言う。

「鍵の管理係にも確認しましたが、ミレイユ様のお部屋の鍵は保管庫にございました。定期的な清掃以外ではお部屋の鍵を開けておりません」

「そう……。今日は定期清掃の日ではないのよね？」

メイドは「はい。昨日お掃除したばかりでしたが、その際は確かに施錠いたしました」と即答した。

品評会でわたしが実家に戻ってくるとわかっていたから、昨日部屋を掃除してくれたのだろう。

伯爵家のメイドは優秀だから、清掃後であっても物品の位置が変わっているということはまずない。

私室に着く。扉を開けようとしていると、アルベリク様が先にドアノブを摑んだ。

「まず私が部屋に入ろう。不審者が潜んでいる可能性がある。きみ、部屋の中までは確かめていないのだろう？」

アルベリク様に問いかけられたメイドは心配そうな顔で「はい」と答えた。

本来なら警備の者を呼ぶべきなのだろうけれど、今日は大広間のほうに皆が集中している。品評会に展示されている宝石はどれも値が張るものばかりだ。

けれどもし本当にだれかいて、アルベリク様に危害を加えようとしてきたら？

わたしの心配を悟ったように、アリベルク様が「大丈夫だよ、ミレイユ」と笑いかけてくださる。

そうだわ、アルベリク様はお強い。彼を信じよう。

わたしは「よろしくお願いします」と頭を下げた。

アルベリク様は頷いて、ドアノブを回した。部屋に入るなりアルベリク様は扉の裏側を見た。だれもいない。

「先に少し調べるよ」

クローゼットの中やベッドの下など、人が隠れられそうな場所をアルベリク様が見てまわる。わたしはそのようすを、固唾を呑《の》んで見守っていた。

部屋の入り口に立っていたわたしのもとにアルベリク様が戻ってくる。

「だれもいないし、不審な物もなかった。ミレイユ、細かなところはきみが確かめたほうがいいね」

「はい」

わたしは真っ先に棚へ向かった。ジャルダンを収めた小さなジュエリーボックスの蓋を開ける。

わたしは瞬《まばた》きをするのも忘れてボックスの中を凝視する。

そこにあるはずのジャルダンが、ない。

どうしよう。いったいだれが？　そもそもなぜ部屋の鍵が開けられていたの。

失望と疑念が同時に湧き起こって、考えがまとまらない。

「なにかなくなっている？」

アルベリク様に尋ねられたわたしはとっさに「いいえ、なにも」と答え、笑ってみせた。

ジャルダンのことはだれにも秘密だ。表沙汰にはできない。

そう、だれにも秘密にしていたのに――どうして盗まれてしまったの。

こんなことならやっぱり、伯爵家の金庫に保管しておくか、ソニエール公爵邸に持ち込んでおくべきだったと後悔する。

「……外套を着込んでいたという人物についてもっと詳しく教えてほしい。背丈はどれくらい？」

そばにいたアルベリク様がメイドに尋ねた。

「背丈はそう高くありませんでした。おそらく女性かと存じます」

「そう。外套の生地はどんなものだった？」

メイドは顎に手を当てて、必死に思いだそうとしているようだった。

「あまり上質ではなかったように思います。かといって市井の者が羽織るようなものでもありませんでした」

「なるほど――ありがとう」

アルベリク様がメイドに訊《き》いてくれた情報から察するに、わたしの部屋の近くにいたのはさほど爵位が高くない貴族の女性。

そしてなにより、ジャルダンの存在を知っているのは転生者に限られる。

だから最も怪しいのはイネスさんだ。男爵令嬢であり、転生者でもある。

けれど証拠もなしに「ジャルダンを盗《と》ったでしょう？」だなんて訊けないし、ほかにも転生者がいて、ジャルダンを盗みだした可能性だってある。

考えに沈むわたしを、アルベリク様が見つめていることに遅れて気がついた。

「きみ、ミレイユのことは私に任せて」

アルベリク様はメイドを下がらせると、わたしの頬を両手で覆った。

「真っ青だ」

悲痛な面持ちの彼を目にして、よけいな心配をかけたくない気持ちでいっぱいになる。

「そうですか？　大丈夫ですよ」

「嘘《うそ》。こんなに冷え切って――。すぐに休んだほうがいい」

アルベリク様に連れられてベッドへ歩き、横になる。彼はわたしの体に掛け布団を被《かぶ》せてから、近くにあったスツールに腰かけた。

体温を確かめるように、ふたたび手のひらで頬を覆われた。

彼の手から伝わってくる熱は、いつも心地がいい。安らぐ。

「ねえ、ミレイユ。やはりなにかなくなっているのではない？　ジュエリーボックスを確かめたあとから、顔色が優れない」

よく見ていらっしゃるわ。

同時に、それでアルベリク様はメイドにあれこれ尋ねてくれたのだとわかる。

どうしよう——打ち明けるべき？

前世のこと、ここがゲームの世界であること。攻略対象者やジャルダンについてなど、きっと話しだしたらきりがない。

なにからどう話すのが適切？

あれこれ考えていると、アルベリク様が「ごめん」と呟《つぶや》いた。

「急《せ》いてはいけないな。なんでも聞き出したくなってしまう、悪い癖だ。いまミレイユに必要なのは、休息なのに」

ご自身に言い聞かせていらっしゃるような口ぶりだった。

アルベリク様が穏やかにほほえむ。

「ゆっくり休んで」

「あの……はい。ありがとうございます」

そう答えたものの、いつまでもアルベリク様に黙っているのは心苦しい。

こんなに想ってくださっているのだから。

近いうちにすべてを打ち明けようと心に決めて、わたしは目を閉じた。


雨天の午後。

マノン様から「すぐに来てほしい」と手紙を貰《もら》ったわたしは、急いでモラクス公爵邸へ向かった。もとよりマノン様のもとへ行こうと思っていた。

「ごきげんよう、ミレイユ」

サロンの椅子に座ったまま、マノン様は浮かない顔をしている。

わたしは「ごきげんよう」と返して、マノン様のすぐ隣の席に腰を下ろした。

「クリストフ殿下のことなのだけれど、イネスという男爵令嬢と懇意にしていらっしゃるのです」

マノン様の声は弱々しく、張りがない。

「わたくしとの約束を反故《ほご》にして、イネスと出かけてしまわれて……」

悲しみと怒りが入り交じった表情を浮かべて、マノン様はわなわなと唇を震わせている。

じつはアルベリク様からも「クリスのようすがおかしい」と話には聞いていた。それで、マノン様のようすを見にいかなければと考えていた。

「どうして急にクリストフ殿下は変わられてしまったのでしょう。ミレイユはなにか知っていますか?」

「その……申し訳ございません。わたしはなにも」

言葉を濁したものの、本当は心当たりがあるだけに胸が苦しくなった。

マノン様は「そう……」と、ため息をつく。しばらくお互いになにも喋《しゃべ》らなかった。

「イネスはどんな手を使って殿下の気を引いたの?」

急にマノン様が胡乱《うろん》な目つきをするので、ドキッとする。

「わたくし、憎いわ。イネスを許せない」

いつも可憐《かれん》なマノン様が、嫉妬を露《あら》わに唇を噛《か》んでいる。

まずい。天ジャの本来の流れ――処刑エンド――に傾いている。

「マノン様、お気持ちはとてもよくわかります」

わたしだって、急にアルベリク様を盗られたらきっと同じように憎しみを抱く。

「ですがクリストフ殿下にはなにかほかならない意図があるのかもわかりません。殿下を信じて、お待ちしましょう。大丈夫です、マノン様とクリストフ殿下がこれまでに築き上げてこられた絆《きずな》は、そう簡単には壊れません」

わたしが力強く言うと、マノン様は少しだけ安心したようだった。

けれどやっぱり表情は晴れない。ザアア……と音を立てて降りしきる雨が、よけいにマノン様の心に影を落としている気がしてならなかった。

モラクス公爵邸から戻ったわたしは、イネスさんの周辺についてそれとなく聞き込みをした。

イネスさん自身についてめぼしいことはわからなかったものの、このところ侍女宿舎で部屋の鍵が開けられて金目のものが盗まれるという事件が多発しているのだと聞いた。

もしかしてイネスさんには、ピッキングの技術がある？

クリストフ殿下がイネスさんに首ったけになってしまったのを鑑みても、ジャルダンを盗んだのは間違いなくイネスさんだ。

コルトー伯爵家のメイドにあとから聞いた話だけれど、品評会の日、鍵が開けられていたのはわたしの部屋だけではなかったそうだ。

イネスさんはきっと、鍵が掛かっている部屋を片っ端から開けていったのだろう。もとより施錠されていない部屋には、そもそも金目のものが置かれていない。

ジャルダンの効果は、意中の相手との好感度が一時的に急上昇するというものだ。あくまで『一時的』だから、時間が経《た》てば好感度はまた下がるはず。

マノン様とクリストフ殿下がこれまでに過ごされた時間のほうが、ずっと長くて尊い。

これからどうなっていくのか考えると落ち着かないけれど、いまは下手に動かないほうがいい。

　その日、夕食を終えたわたしはアルベリク様の私室を訪ねた。

　主寝室へ行ってしまえば、お互いに話をするどころではなくなるので、大切な話をするには湯浴《ゆあ》みの前がいいと思った。

　前世のことを、打ち明ける。

　覚悟は決めた。なにをどう話していくのかも、きちんと考えてきた。

　けれど緊張する。

　アルベリク様はきっとわたしのことを否定はなさらない。ただ、困惑させてしまうのは間違いないだろう。

　わたしは深呼吸をしてから扉をノックした。中から「入っていいよ」という声が返ってくる。

「失礼いたします」と言ってドアノブに手をかけようとしていると、わたしよりも早くアルベリク様が扉を開けた。

「ミレイユ、どうしたの？」

　にこやかな笑みを浮かべて、アルベリク様はわたしを部屋に引き入れる。

「折り入ってお話があり、参りました」

　やけにかたい言い方になってしまった。緊張しているせいだ。

「うん、なあに」

わたしのようすがいつもと違うことにきっとアルベリク様は気づいていらっしゃる。けれど彼は、いつもどおりわたしをソファに座らせて、その隣にぴたりとくっついて座った。

「なんでも話してごらん」

アルベリク様はわたしの肩を抱いて、指で髪を梳《す》く。

わたしは喉を鳴らしたあとで彼のほうを向いて口を開いた。

「じつはわたし、前世の記憶があるのです」

彼の表情は変わらない。にこやかなままだ。こういうとき、アルベリク様は感情を表に出さない。ポーカーフェイスだ。

「きみではない、別の人格の記憶がある——ということ？」

「はい」

はっきり肯定すると、アルベリク様は「そう」と相槌を打った。目線でもって、続きを促される。

「前世のわたしは、ここととはまったく別の文明文化の世界で生きていました。ここよりも未来的で、発達していたと断言できます。そしてこの世界は——」

どれだけ覚悟を決めてきても、言うのは少しためらわれる。

でも、言わなくちゃ。

アルベリク様にはもう隠し事をしたくない。

「ここは、前世で娯楽として創られた『ゲーム』という世界なんです」

結局、声が震えてしまった。

こんなことを言って嫌われてしまわないだろうか、変だと思われないだろうかという気持ちがいまさら膨れ上がる。

アルベリク様は笑みを湛《たた》えたまま、なにか考え込んでいるようだった。

「つまり、いま私たちが生きているのは空想上の世界――と」

わたしは泣きそうになるのをこらえながら頷いた。

『空想上の世界』という言葉を、彼はどんな想いで使ったのだろう。

わたしが言ったことを要約すればまさしくそのとおりなのだけれど、現実としては受け入れがたいことのはずだ。

アルベリク様に腰を抱かれる。体の向きを変えられた。彼はわたしと正面から目を合わせると、もっと笑顔になった。

「興味深い。もっと詳しく教えて。その『ゲーム』というのは具体的にどんなことをするの？」

アルベリク様の声は弾んでいる。わくわくしているようだった。

こんなに興味を示されるなんて考えてもみなかった。でも、好奇心旺盛なアルベリク様だから、当然の反応とも思える。

一気に不安が消えて、心が落ち着く。わたしはこっそりと息をついた。

わたしはゲームというのがそもそもどういうものなのかを話したあとで、天ジャの内容について説明する。

「天空のジャルダンはおもに女性へ向けたゲームで、攻略対象者たちと擬似的な恋愛を楽しむためのものです」

アルベリク様はふむふむと頷きながら静聴してくださっている。

クリストフ殿下が攻略対象者であること、イネスさんが本来のヒロインであること。

わたしの立場――マノン様が悪役令嬢で、わたしがその取り巻きモブだということ――についても包み隠さず伝えた。

「なるほど。ミレイユがクリスとマノン嬢の仲を取り持っていたのには、そういう理由もあったんだね」

わたしは続けて、ジャルダンが宝石であること、その効果についても話をした。

「クリストフ殿下がイネスさんに熱を上げているのは、ジャルダンのせいです。けれどジャルダンの効果はあくまで一時的ですので――」

時間が解決してくれるはずだとわたしが言い足すと、アルベリク様は「そうだね」と相槌を打った。

「クリスが急にイネス嬢のことを気にかけるようになったから、おかしいとは思っていたが、まさかそんな宝石があるとは……。イネス嬢はどうやってジャルダンを手に入れたのだろう」

　アルベリク様の疑問はもっともだ。

「ジャルダンはわたしが保管していました。品評会の日にわたしの部屋から消えていたのはジャルダンなのです。いままで黙っていて、申し訳ございませんでした」

「そうか――いや、気にしないで。これだけのことを打ち明けるのには勇気が要る。ミレイユはずっとひとりで、いろんなものを背負っていたんだね」

　慈しむような眼差しから、彼のあたたかさが伝わってくる。

「話してくれてありがとう」

　大きな手でゆっくりと頭を撫でられるとそれだけで安心感を覚える。

「いいえ、ひとりではありません。アルベリク様がいてくださるから」

　彼に打ち明けこそしていなかったけれど、アルベリク様の存在がどれだけ心の支えになっていたことか、計り知れない。

　もっと彼にくっつきたくなって、そっとアルベリク様の胸に寄り添う。

　するとアルベリク様はわたしの腰に両手をまわして、ぎゅっと抱きしめてくれた。

　わたしがぬくもりを満喫しているあいだ、彼はなにか逡巡しているようだった。

「花の植え方を知っていて手際がよかったのは、前世でその経験があったから?」

「おっしゃるとおりです」

相変わらずの察しの良さに感心していると、アルベリク様はわたしの髪を指に絡めて弄びはじめた。

「前世の記憶、か……。きみが大人びているのにも納得だ」

しみじみとした調子でそう言ったあと、彼は思案顔になる。

「……ミレイユは、この『ゲーム』をしたことがあったの?」

「はい、それはもう何度もプレイしてやり込みました」

つい自慢してしまった。

すると一瞬、アルベリク様が険しい顔になった。

え――どうして?

ところが瞬きのあとにはもう、いつもの笑みが戻ってきていた。

見間違い?

彼のようすを窺《うかが》う。アルベリク様はしだいに笑みを消した。沈黙している。

「アルベリク様?」

呼びかけると、彼は眉間に小さく皺《しわ》を寄せた。

それまでよりも強く抱きしめられる。わたしの肩に顔を埋めて、アルベリク様は絞りだすようにこう言った。

「ごめん。ちょっと……感情を抑えられない」

なんの感情を抑えられないでいらっしゃるのだろう。

いまは彼の表情が見えないけれど、声はとても苦しげだった。

アルベリク様がどういう感情を抱いているのかわからない。けれど少しでも落ち着いてほしくて、わたしはアルベリク様の背中を繰り返し撫《な》で上げた。

彼はやっと顔を上げて、じいっとわたしを見おろす。

「……みっともなく嫉妬している」

拗《す》ねているような口調だ。

「嫉妬、ですか？」

いったいなにに？

わたしはまったく見当がつかずに首を傾《かし》げる。

アルベリク様は、どこかやるせない雰囲気で息をついた。

「きみはゲームを通して、クリスをはじめ多くの男と恋愛したのだろう？」

わたしは目を見開いたまま、なにも答えられなかった。

急に前世の話をして、困惑させてしまうかもしれないとは考えていたけれど、まさか嫉妬されるとは思ってもみなかった。

けれどたしかに、前世のこととはいえ天ジャをプレイしていたことはアルベリク様に対しての裏切りともとれる。

「申し訳ございません！」

謝ると、アルベリク様は小さくほほえんだ。

「わかっているよ、そういう『遊び』だということは。だからきみを責めているわけじゃ、ない。きみの行いを否定したいわけでは、ないんだ」

彼が深く息をしたのがわかった。落ち着こうとしていらっしゃるのかもしれない。

しだいにアルベリク様の表情が切なげなものへと変わる。

「でも、妬《や》いてしまう。攻略対象者という男たちに腹が立つ。ミレイユは私だけのものだ」

後頭部を搔《か》き抱かれ、彼の胸に飛び込む。

こんなに想われて嬉しい気持ちと、このまま彼を不安にさせてはいけないと思う気持ちがせめぎ合う。

「わたしの推《お》しは——ええと、大好きだったのはアルベリク様でした」

『推し』という言葉は通じないだろうから言いなおした。

後頭部にあてがわれていた手の力が緩んだので、わたしは上を向いた。

彼の目を見て言う。

「前世から好きでしたけれど、いまは……もっともっと、アルベリク様を愛しています」

必死に訴えたものの、アルベリク様は「うん」と答えるだけだった。

まだ不満そうだわ。どうしよう？

「――一緒に湯浴みしよう」

唐突にアルベリク様が言った。彼に愛を示す方法をあれこれと考えていたわたしはつい「はい」と二つ返事をする。

「よかった、いいんだね」

念を押されてしまっては「ちょっと待って」とは言えない。

手を引かれてソファから立ち、脱衣室へ歩く。

「隅々まで……余すところなく洗わせて」

婚約したばかりのときにも「湯浴みを手伝う」と提案された。いまならわかる。あのとき、彼は冗談を言っていたのではない。

「はい。わたしはアルベリク様のものですから」

恥ずかしがっていては、わたしがどれだけアルベリク様を愛しているか伝わらないから、できるだけきっぱりと答えた。

アルベリク様は驚いたような顔をしたあと、嬉しそうにほほえんだ。

少しは機嫌がよくなられたみたい。

脱衣室に着くなり、アルベリク様は手早く服を脱いで裸になった。

逞《たくま》しい裸体を見慣れることはなく、いつだって美しいと思うし欲情もする。

わたしが体を火照らせていると、アルベリク様の両手が伸びてきた。デイドレスとコルセットの編み上げ紐を、あっというまに解かれる。

そこから先も早かった。わたしはアルベリク様の手で、一糸まとわぬ姿にされる。

お互いに裸だというだけでドキドキする。

いつものことだけれど、見られたくないような、見られたいような複雑な気持ちになりながらガラス扉を開けて浴室へ行った。

アルベリク様のお部屋の浴室には初めて入るわ。

主寝室にも浴室はあるけれど、まだ使ったことがない。

天ジャの世界では、入浴の際お湯に浸《つ》かる習慣がある。この点は、日本人が考えた世界ならではだ。

円形の広々とした浴槽にはなみなみとお湯が張られていた。浴槽はわたしの部屋とそう変わらない大きさだ。

ソニエール公爵邸の浴槽には常に薔薇の花びらが浮かべられている。

この浴室はモノトーンで上品にまとめられているから、湯の上に漂う赤い薔薇がいっそう引き立つ。

お湯で体を清めて浴槽に浸かる。薔薇の花びらがゆらゆらと揺れた。

アルベリク様に体を後ろから抱き込まれた。お互いに窓のほうを向いて、彼の膝に乗っている状態だ。

アルベリク様が薔薇の花びらを拾う。長い指が赤い薔薇の一欠片《ひとかけら》をつまんでいる──それだけで、なんだか絵になる。

「じつは毎日でも、こうしてきみと湯浴みをしたいと思っていた。明日からは主寝室で、一緒に入ろう？」

毎日一緒に？

身が保つだろうかと心配になりながらも、こうして彼とくっついているのは心地がいいので「はい」と答えた。

彼は安堵《あんど》したらしい。「ふう」と吐息が聞こえた。

「これでも自制していたんだよ。きみには以前、一緒の湯浴みを断られたから」

「お断り、しましたっけ」

とぼけてみたものの、あのときは「冗談のはず」だと思い込んだのだから、断ったのと同義だ。

アルベリク様の親指と人差し指が、赤い薔薇の花びらを弄ぶ。ひらひらと踊る花びらを、わたしはただ眺めていた。

「ねえ……ミレイユ。攻略対象の男たちと一緒に湯浴みする場面はあった？」

潜めた声を耳に吹き込まれたわたしは「ひ、ぅ」と声を上げる。アルベリク様に他意はないはずなのに、おかしな声を出してしまったことが恥ずかしい。

彼の左手がお湯の中で脇腹を撫で上げる。くすぐったさに身を捩《よじ》りながら、わたしは「ありません」と返した。

天ジャは全年齢向けのゲームだから、えっちな描写はひとつもない。

アルベリク様は軽い調子で「ふうん」と唸《うな》る。

機嫌は悪くないみたいだけれど、嫉妬心は健在のようだ。

「ミレイユ、本当に？」

彼は心から疑っているのか、それともわたしに意地悪をするためにそう言っているのか。

左の乳房を下からぎゅっと摑まれ、持ち上げられる。

湯面よりも上に出てきた乳首に、赤い花びらを載せられた。胸の頂に蓋をするように、花びらがぺたりと貼りつく。

お湯の表面すれすれで、たぷたぷと乳房を揺さぶられる。花びらはお湯の中へ落ちることなく、乳首にくっついたままだ。

「ん、んっ……う、本当、です……。湯浴みのシーンなんて、なかっ……た、あぁっ……ふ、うぅ」

乳首に触れているのは花びらだけだというのに気持ちがよくて、高い声が出る。

耳たぶをちろりと舐《な》め上げられれば、お湯の中にいても体が震えた。

「じゃあキスは？」

後ろから顔を覗き込まれ、真剣な眼差しで問われる。

すぐには言葉が出てこない。天ジャの中でキスシーンは、あった。

けれど実際にわたしがキスをしたわけじゃ、ない。キスを交わしていたのはヒロインのイネスさんだ――なんて、口にしたところで苦しい言いわけにしかならない。

そしてこんなふうに黙り込んでいては、肯定しているのと同じだ。

むっとしている彼を見るのは新鮮で、そんな場合ではないと思いながらもじっくり観察してしまう。

「ミレイユ」

呼びかけと同時に顎を掬《すく》われ、唇を塞がれた。

「ん、ふっ……！」

貪るような激しいキスに見舞われる。わたしは体を捩って彼のほうを向いたまま、嵐のようなキスに溺れる。

唇を重ね合わせているあいだずっと、乳房を揉みしだかれていた。

彼の唇が遠のいたあとでふと下を見れば、乳首に貼りついていた薔薇がいつのまにかお湯に流されて、無数にある花びらの一欠片になっていた。

前世で天ジャをプレイしていたわたしも同じ。

わたしは無数にいる天ジャのプレイユーザーのひとりだけれど、アルベリク様はこんなにも嫉妬してくださる。贅沢《ぜいたく》だ。

「いつだったか王宮の湖へ行ったとき、湖面の青さに驚いていなかったよね。それどころか、懐かしんでいるようだった。前世ですでにほかの男とデートしたことがあったから、なんだね」

棘《とげ》のある言い方だというのに、全身がぞくぞくと心地よくわななく。

独占欲を剝《む》きだしにされて、悦《よろこ》んでしまっている。

「あ、アルベリク様……好き……ん、んぅっ……」

ふたつの膨らみをあらためて鷲摑みにされた。わたしはまた窓のほうを向いて、大人しく快感を堪能する。

「私だってきみが好きだ。むしろ好きすぎて――」

言葉を切ると、アルベリク様はわたしの乳房を両方とも、ぐっと押し上げた。

勃起した乳首がお湯の表面に顔を出す。さっきも同じことをされたけれど、そのときは片方の胸だけだったし、すぐに花びらを載せられた。

でもいまは、ぷっくりと膨らんでいる乳首を隠すものがなにもない。

「ん、はぁ……う、ふっ……うぅ」

これみよがしに乳房を揺さぶられて、乳首は湯の上を滑るようにあらゆる方向へ動く。

彼の情熱を映したように乳房を弄ばれるのは気持ちいい。けれどアルベリク様の指は乳輪の際を掠《かす》めるだけで、硬くなっている先端には手つかずだ。

湯面に浮かぶ花びらが揺らめくのを眺めながら、わたしはじれったさを募らせる。

「アルベリク様、どう……して？」

肝心なところに触ってくれないのは、どうしてなの。

お湯のせいなのか、あるいはじらされているせいか呼吸が整わず、暑い。

胸を上下させるわたしに、アルベリク様は頬ずりをした。

「きみのことが好きすぎて、気を引きたくて――意地悪をしてしまう」

脚の付け根がトクッと跳ねる。

「私を愛称で呼んでくれたら、触ってあげる」

アルベリク様を愛称で呼ぶのは、クリストフ殿下だけ。

だからわたしがそう呼ぶのは畏れ多い。わかっている。けれど理性はもうぼろぼろで、快楽を貪りたくて仕方がなくなっていた。

「いまだけでもいいから……ね？　ミレイユ」

追い打ちをかけられたわたしは大きく息を吸う。

「あ、ぁ……アル……っ！　も……おねが、い……うぅ」

彼の指が巧みなのを知っているから、もう耐えられない。刺激が欲しくて、おかしくなってしまいそうだった。

わたしは窓のほうを向いたままだから、彼の表情はわからない。けれどアルベリク様が笑った気がした。そういう息遣いだった。

「ひ、あっ！」

急にぎゅっと乳首をつまみ上げられる。望んでいたとおりの触り方だ。そんなふうに乳首を強くつまんで、刺激してほしかった。

快感と悦びでじっとしていられなくなり、肩を揺らす。

「あ、ん……あぅ、んんぅ」

薄桃色の棘を指で何度も扱《しご》かれる。

どれだけ繰り返されても足りなくなって、どんどん弄ってほしくなる。

「もっと呼んで、ミレイユ。親愛をたっぷり込めて、ね？」

「んっ、んふ……ぅ、アル……ぁ、あっ……！」

必死に親しみを込めて呼びかけると、ご褒美と言わんばかりに乳首を捻《ひね》りまわされた。

わたしはアルベリク様の膝の上で両脚をがくがくと揺らして快感に浸る。

湯面の花びらが遠くへ漂っていく。

「意地悪ばかりしてごめんね？」

愛称で呼ばせたり、じらしたりしたことが『意地悪』なのだろう。

「いい、です……ふぁ、あっ……意地悪、好き……あぅ、んんっ……！」

快楽に侵されていて平常心ではないからこそ、思ったままの言葉が出てくる。

アルベリク様は吐息だけで笑った。

彼の指が素早さを増す。胸の頂を両方とも指でめちゃくちゃに嬲《なぶ》られる。

「あぁう、んっ、あぁ……ふ、あぁあ……っ」

また、胸だけで達してしまいそう。

甘い危機感を覚えてよけいに全身が熱を持つ。彼の手で高められていくのをまざまざと感じる。

不意にアルベリク様の片手が乳首から遠のいた。

「ふ、っ……？」

彼の右手が湯の中へ沈み、脇腹を通って脚の付け根まで届く。それだけでもう期待してしまって、快感が迸《ほとばし》る。

ビキニラインを撫でられたあと、陰唇の端を指でじっくりと辿《たど》られた。お湯の中でそうされると、ふだんと少し感覚が違う。彼の指がいっそう熱を持っている気がする。

それに、指がいつになく緩慢な動きをしているせいかくすぐったい。

「は……ぅ、あ……あぁ、ん」

アルベリク様の左手はいまだに乳房を摑んだままだけれど、その先端を愛《め》でるのはやめてしまわれた。

「触ってほしい？」

蠱惑的《こわくてき》な低い囁き声に操られるように、わたしは何度も首を縦に振った。

彼がどこに触るつもりなのか、わたしがどこに触られたいのか、はっきり言わなくてもお互いにわかっている。

気持ちがよくなるところをもっと弄ってもらいたくて、わたしは後ろを振り返った。

アルベリク様の顔を見つめて訴える。早く触って、と。

「かわいい――」

唇が重なるのと同時に、欲しいところに刺激をもらう。

脚の付け根の小さな粒と、胸の尖りをそれぞれ指で押された。

「んんぅ……！」

アルベリク様は、見なくても位置がわかるの？

わたしが気持ちよくなる箇所を、彼は手探りでも的確に把握できるらしい。

深いくちづけを交わしながら、胸の蕾《つぼみ》と、脚の付け根にある花芽を指でこりこりと弄られる。

大きな声が出そうになるのだけれど、すべてキスに呑《の》み込《こ》まれて、吐息ばかりが漏れた。

広い浴室だというのに、わたしたちの艶《なま》めかしい息遣いでいっぱいになっている。

たまらなく気持ちがよくて、たまらなく彼が愛しい。

わたしが体を揺らすから水音が立っているのか、あるいはディープキスでその音が出ているのか。どちらにしても淫らだ。

アルベリク様の唇が離れると、それまでくぐもった声しか出せなかった反動なのか「ふぁぁあっ」と、自分でも信じられないくらい大きな嬌声《きょうせい》を上げてしまった。

「気持ちがいいのを声で表現してくれたの？」

そんなつもりはなかった。でも、そういうことにしてもいい。

だって本当のことだもの。

大きすぎる快感のせいで、大きすぎる声を出してしまったのだ。

わたしはすうっと息を吸ったあと「ふぁあ」と喘《あえ》ぎながら吐きだした。深呼吸しなければ、もたらされる強烈な快感にたえられない。

アルベリク様は少しも休むことなく胸の蕾と小さな花芽を捏《こ》ねくりまわしている。

どれだけ触られても飽きがこない。

それどころか欲求が強くなっていく。自分でも呆《あき》れてしまう。

けれどアルベリク様は、貪欲なわたしにとことん付き合ってくれる。

興奮して膨らんでいるであろう花芽を、二本の指できゅっと挟まれた。

「ひぁあ、ぁっ！」

わたしの体が上下に弾んでも、アルベリク様は器用なもので、ちゃんと花芽をつまんだままだった。

「あぁ、あっ……は、あぅう」

花芽を絞り込むように、二本の指で執拗《しつよう》に捻りまわされる。

わたしは彼の体に後頭部を押しつけるようにして身をくねらせた。

こんなに頭を押しつけて、痛くないかな。

そんな考えがよぎったものの、体を動かすのをやめられない。強い快感に、抗《あらが》えない。

「頭でもなんでも——思う存分、押しつけていいよ」

ああ、やっぱり。

アルベリク様はいつも先まわりでわたしを許してくれる。

懸念なんてすぐに吹き飛ばしてくれる。

こんなに甘やかされていていいのだろうかとも思う。

「私にたっぷり甘えて、ミレイユ」

幸せすぎて、涙が出そうになった。

「わ、わたし……もう、甘えすぎてしまって……あぁ、あっ、ん……ふ、うぅ」

膨らみきっている花芽を元の大きさに戻そうとするように、指でぐりぐりと押される。

「そうかな。きみはいつも、私に迷惑をかけないようにしているだろう」

「そっ、そんな……ことは……あぁあ、う」

「無遠慮になって、いいんだ」

ひときわきつく花芽を扱き上げられたわたしは「ひぁあああっ！」と、みっともなく喘いだ。恥ずかしくても、声を抑えられない。

充分、無遠慮になっているわ。

触ってほしいとねだって、思いのまま嬌声を上げている。

アルベリク様は左手の人差し指と親指で乳首を引っ張り上げて、もう片方の手では熱心すぎるくらい花芽を捏ねた。

そうして二箇所を一緒に刺激されると、息を吸っているのか吐いているのかわからなくなりそうなほどの享楽でいっぱいになる。

「あ、ぁっ……わたし、もう……やっ、あぁあっ……」

快感が次々とせり上がってくる。より高いところを求めるように、湧き上がってくる。

「いっ、あ……いっちゃ……あぁあぁあっ――――！」

体じゅうが「気持ちいい」と叫んでいるようだった。

手と足の先が甘やかに痺《しび》れ、下腹部が蕩けているのを感じる。

息が荒い。幸福感と快楽がいつまでも尾を引いている。

いまになって、お尻に当たっている彼自身の存在を意識した。

隠すことなく、むしろ押しつけられている。

けれどそうして主張されるのも気持ちがよくて、愛おしさが溢《あふ》れる。

快感のいちばん高いところまで昇りつめたはずなのに、心も体も彼のものを欲しがっている。

アルベリク様がわたしの頰に片手をあてがう。優しい手つきで彼のほうを向かされる。

「……赤いね」

最初、薔薇の花びらのことを言われたのだと思った。絶頂に達して間もないからか、ぼうっとしている。

けれどそうではなく、わたしの顔のことだとわかる。頰にあてがわれた彼の手を冷たく感じるのは、それだけわたしの頰が熱くなっているということだ。

アルベリク様はわたしを伴ってお湯から上がり、円い浴槽の端に腰かけた。

「私のことは椅子だと思って」

冗談めかした口調だったけれど、彼は本気だ。

わたしは脚を広げて彼の上に跨《また》がる。

お互いに裸の状態でこんなふうに密着して向かい合うのは気恥ずかしいけれど、彼とくっついていたかった。

腰を抱かれたことで体勢が安定する。

ごく近いところでじっと見つめられて、胸の鼓動が速くなった。

どちらからともなく唇同士を合わせる。

熱くて柔らかな唇に、すべてを溶かされそう――。

「ふ、うっ……！」

腰にあてがわれていたはずの大きな手のひらが、いつのまにか乳房を摑んでいた。

わたしは彼の背中に腕をまわして「あぅ、あぁ」と喘ぐ。

いっぽうアルベリク様は、わたしの乳房を脇から中央に寄せて持ち上げつつ顔を伏せた。

彼の唇と、胸の距離が近くなる。

「あ、っ――」

体の真ん中に並んでいるふたつの乳首に、アルベリク様がキスを落とした。

乳首はすぐにぴんっと張り詰めた。くちづけられた快感は下腹部にも及ぶ。いまは触れられていない小さな花芽が、トクンッと快く反応した。

アルベリク様はふたつの乳首にれろれろと舌を這《は》わせる。

「ひ、あぁっ……は、んんっ」

胸の蕾は片方だけ舐められるのだって気持ちがよい。

それなのに同時に攻められてはもう、底なしとも思える快楽にひたすら流される。

時々わたしの表情を確認するように彼が見上げてくるのもたまらなかった。

青い瞳が美しいからか、卑猥《ひわい》なことをなさっていても優雅さが損なわれない。

アルベリク様はごく上品に、果実を嗜《たしな》むようにふたつの蕾をぺろぺろと舐めしゃぶる。

自然と体が仰《の》け反《ぞ》り、胸を突きだす恰好《かっこう》になる。

これじゃあ「もっと刺激して」って——言ってるみたい。

けれど実際、乳首をふたつとも舐められるのはすごく気持ちがいい。

そんなわたしの心中を、アルベリク様はよくわかっていらっしゃる。

じゅううっと、大きな水音が立つほど強く胸の尖りを吸い上げられた。

「ふっ、あぁあっ……！　はぁ、あうぅっ」

口が開いたままになり、閉じることができなくなった。嬌声ばかりを紡ぐ。

乳首は彼の口腔《こうこう》に含まれて、飴玉《あめだま》のように舐め転がされている。素早くそうされるものだから、快感で頭の中が真っ白になりそうだった。

彼はおもむろに顔を上げて言う。

「ミレイユ——きみの小さな粒を、私に擦りつけてみて」

わたしは何度も頷いて、彼の言うとおりにする。

もうずっと猛《たけ》り狂っている彼自身に、よく膨らんだ花芽をぐりぐりと押しつけた。

わたしの中から溢れた愛液のせいでぬるぬるとよく滑る。摩擦は少しもない。

「気持ちいい？」

「んっ、う……ん、すごく……あっ、あぁっ……いい……！」

恥ずかしいことをしている自覚が持てず、正直に答えた。

「私もだよ。ミレイユが自ら腰を動かしているのを見るだけでも、いいのに——たまらないな」

彼の唾液で湿った胸の尖りをふたつとも、親指で上下に突き動かされる。

「あっ、は……あぅ、ふっ……うぅ、んっ」

胸の蕾を弄られるとよけいに腰が揺れ動いて、彼自身にぐいぐいと花芽を押しつけることになる。それは自慰をしているようにも思えて、なおさら羞恥心と快楽が増す。

「は、あ……刺激が強いな。もう、我慢できそうにない」

困ったように息をつきながらアルベリク様は言い足す。

「ミレイユを、ちょうだい」

切実そうに、それでいてどこかわたしを試しているようにも見えた。

わたしが積極的にならなくちゃ、アルベリク様の不安を払拭できない。

いつもいつも求められるばかりではないのだと主張するため、わたしは足に力を入れて腰を浮かせたあと、彼の一物《いちもつ》を摑んだ。

アルベリク様は少しだけ目を見開いた。凪《な》いだ表情のまま静観している。

右手で掴んだ一物が体の中に入るように、位置を考えながら腰を落とす。

どうしよう、難しい。

けれど音《ね》を上げるわけにはいかない。

せっかく「ちょうだい」と求められたのだから、なんとしても捧《ささ》げたい。

わたしはああでもないこうでもないと試行錯誤しながら、やっとの思いで一物を自分の中に収めた。

蜜壺は、アルベリク様からの愛撫《あいぶ》でよく潤っていたから痛みなどはなく、彼の大きなものが嵌《は》まり込《こ》んだ充足感でいっぱいだった。

あ——そうだわ。これで終わりじゃ、ない。

繋《つな》がり合うことがゴールではなく、むしろここからが肝心だ。

「自ら動かしているのを見るだけでもいい」と彼は言っていた。

精いっぱい動いてみる。

愛しい気持ちを伝えたくて、必死に腰を上下させた。

でもやっぱり経験不足は否めない。ふだんは彼任せだから、ぎこちない動きになってしまう。

「……一所懸命だ」

アルベリク様が嬉しそうに呟いた。

なにも言えないでいると、彼は小さく眉根を寄せてほほえみ、わたしの頬を優しく撫でさすった。

「ありがとう、ミレイユ」

穏やかな声音に反して、下からぐんっと大きく突き上げられる。

「ひゃっ、あぁあっ!」

がくっと大きく視界が揺れた。アルベリク様に下から猛攻をかけられる。

わたしが動くのと、アルベリク様が動くのではどうしてこんなに違うの?

それまでとはまったく異なる快感に襲われる。腰を上下するという行為は同じはずなのに、そうだとは思えないくらいだった。

絶え間なく揺さぶりをかけられて、乳房があらゆる方向に乱れる。

そのようすを愉《たの》しむようにじっと見つめたあと、アルベリク様は薄桃色の先端を指でつまみ上げた。

「ふぁあ、あうぅっ……!」

指で乳首を絞り込まれ、蜜壺の中は悦いところをたくさん突かれる。

自然とリズムができてきて、体がスムーズに律動しはじめる。彼が手綱を取ったとたんにそうなるのが不思議だ。

「ミレイユ……っ、締めつけが――」

彼が「はあ」と息を漏らす。悩ましげな顔をされるとますます下腹部が引き締まる。

「まただ」

快楽に耽《ふけ》ったようすで呟いて、アルベリク様はわたしの乳房を掴み、その先端をたっぷり捏ねた。

なにをされても快感しかない。それ以外のことをなにも考えられなくて、どんどん愛しさが増す。

「わ、わたし……うぅ、もう……おかしく……ふっ、あぁっ、あっ、ひぁああっ……！」

めまぐるしいほどの律動で、すべてが弾《はじ》け飛《と》ぶ。

快感も幸福感も最高潮に達して、全身が大きな快楽に包まれた。

甘やかな脈動を感じながら、わたしはアルベリク様に体を預ける。どこにも力が入らなくて、彼にのしかかってしまっている。

ぐったりしているわたしをアルベリク様が横向きに抱え上げる。それから椅子の上にそっと下ろされた。

彼が手のひらで石鹸《せっけん》を泡立てるのを、わたしはぼんやりと眺めていた。

そうだわ、アルベリク様はおっしゃっていた。「余すところなく洗わせて」と。

彼は決して約束を違《たが》えない。

全身にくまなく触れられることを想像して、あらぬところがトクッと脈を打つ。期待感が募っていく。

けれどアルベリク様は、そんなおつもりないのかも。

単純に「体を洗う」ことだけ考えていらっしゃる可能性はある。

わたしはなんとかして理性を引き戻す。

泡まみれの手で肩に触れられても、おかしな声を上げないように気をつける。

アルベリク様はわたしの後ろに陣取って、肩や二の腕に泡を塗りつけていった。

首や胸の上に彼の手が這うとくすぐったくて、高い声を上げそうになる。

なんでもない箇所でも、ぬるぬると肌を辿られると、たとえようのない焦燥感が湧いてくる。

すごく敏感になってしまっているわ。

アルベリク様は真面目に洗ってくださっているのだから、性的な快感を味わってはいけない。

そう思うのに体は意に反して、気持ちがいいと叫ぶようにびくっ、びくっと跳ね上がる。

乳首は硬く尖って、花芽はひくひくと震えている。

彼はそれをわかっているのかそうでないのか、その二箇所を特に念入りに手洗いしはじめた。

「あっ、あぁ……アルベリク様、どうして……あ、あぅ、ん……っ」

「呼び方が違うよ」

「んん、ふっ……アル……っ、そこ……あぁ、ひぁあっ」

単純に洗うだけじゃ、なかった。

わたしの期待どおりに、性的な箇所を弄ってくれている。

「ここを念入りに洗うのは、嫌だった？」

嫌なわけない。わたしは左右に首を振る。

「たくさん……洗って、ほし……い、です。だって……あぅ、きもち……いい」

引き戻したはずの理性がまたどこかへ行って、快楽を求めるようになる。

「うん――洗ってあげる」

アルベリク様はわたしの後ろにいるから彼の表情はわからないけれど、声色はとても熱っぽかった。

彼の両手がお腹のあたりから、脇腹を通って這《は》い上がってくる。

くすぐったくて、ぞくぞくして、心地いい。

全身が、いつもよりもっと敏感になっているようだった。

アルベリク様がたっぷり石鹸を泡立ててくださったから、彼の手とわたしの肌のあいだには摩擦がない。

むしろ滑りがよすぎるくらい。

乳首をぎゅっぎゅと押し込まれても、花芽をぐりぐりと嬲られても、ひたすら気持ちよさしか感じない。

「わたし、また……もう、あぁっ……いっちゃ……あぅ、ああっ、ふぁあああっ……！」

下腹部を中心にドクンッ、ドクンッと脈が生まれて、手足の先まで快感が運ばれていく。

「はあ、はあ」というわたしの荒い息遣いが、浴室にこだましていた。

アルベリク様はわたしの体をお湯で流して抱え上げた。タオルでじっくりと体を拭かれ、ベッドへ。かいがいしく世話をされている。

なにもできない子どもに、なってしまったみたい。

ベッドに仰向《あおむ》けに寝かされたわたしはふと、脚の付け根に違和感を覚えた。

「湯の雫《しずく》は拭ったけれど、溢れてきているね」

アルベリク様の視線はわたしの下腹部に集中している。

そうして指摘されたことで、蜜口から愛液が溢れているから違和感があるのだとわかる。

わたしの体は、貪欲に刺激を求めている。

アルベリク様のそれが、猛々《たけだけ》しく膨らんでいるのが目に入った。

そこに手を伸ばしてしまったあとで、なんて大胆なことをしているのだろうと気がつく。

「求めてくれてるの？」

なにかを見極めようとしているような、静かな声だった。青い瞳が細くなる。

わたしは恥を忍んで「はい」と答えた。

欲しかったから、手を伸ばした。単純だ。

「……ミレイユ」

低い呼び声に「はい」と返事をすれば、両足を左右に広げるよう手のひらで促された。

部屋の壁掛けランプにはすべて明かりが灯《とも》されているから、彼はわたしの秘所がよく見えることだろう。

また溢れてきてしまったかも。

アルベリク様の視線を感じて、よけいに愛液が滴っている気がする。

「ん、っ……」

蕩けきって柔らかくなっている蜜口に、硬い楔《くさび》を突き立てられる。これだけでもう気持ちがいい。

ぐぐ、ぐっ――と、アルベリク様が入ってくる。

大きくて張り詰めた楔が狭い道を進むこの感覚は、どれだけ経験しても慣れないし飽きない。

アルベリク様とひとつになっている。その事実を、身をもって味わう。この上ない幸福感に浸る。

さっき浴室で繋がったときとは体勢が違うからか、感覚にも差がある。快感なのは間違いないけれど、彼の楔の存在感が凄《すさ》まじくて、気圧《けお》されそうになった。

実際、楔を突き入れられたことで体がベッドの上方へずれてしまった。

アルベリク様はわたしの後頭部に枕をあてがって、体が上にずれるのを防ぐ。それからわたしの両足に腕を絡めて固定した。

囲い込まれて、それが嬉しくて、心身ともに悦ぶ。

「は……ぁ、んん……っ」

蜜壺の最も奥まったところまで楔が届いた。

アルベリク様は遊ぶように大きく腰を動かして、よく潤った蜜壺の中を掻《か》きまわす。

興奮して勃ち上がっている胸の蕾を指で弾いたあと、アルベリク様は右手を花芽に添わせた。

「張り詰めているね、ここ」

蜜壺だけでなく花芽まで突かれたわたしは「ひぁああっ」と悲鳴じみた声を上げた。

「だって、いっぱい……つつく、から……あぁっ」

もう自分がなにを言っているのか、わからない。ひたすら快楽を貪っている。

「そうだね。ミレイユの中は居心地がいいから、いっぱい……したくなる」

狭い道の行き止まりをとんっ、とんっと突かれる。

ベッドはスプリングが効いているのでよく弾む。わたしは彼に揺さぶられて、口を閉じられなくなった。

抽挿がスピードに乗る。どれだけ速い動きでも、アルベリク様はわたしが悦くなる箇所を的確に刺激してくれる。知り尽くされている歓《よろこ》びが溢れてくる。

勢いを増した律動が、わたしたちを絶頂まで引き上げていった。

お互いに息を荒らげて見つめ合う。吐息が混ざり合うのもまた心地がよい。わたしは幸せを噛みしめる。

こうして彼と夜を過ごすと何度も昇りつめることになるのだけれど、今夜はとりわけその回数が多かった。

回を重ねるごとに快感の度合いも増して、どうしようもないくらいの快感を伴って高みまで導かれている。

そうして何度も快感を極めたせいか、いよいよ体に力が入らなくなった。

アルベリク様はそっと楔を引き抜くと、わたしのすぐ隣に寝転がった。抱き寄せられて密着する。

わたしは横向きに寝転がったまま、彼の胸に顔を埋めた。

「ミレイユ、私はどんな遊びにだって必ず付き合うから。ほかの男に靡《なび》いてはいけないよ」

わたしが天ジャで疑似恋愛を楽しんだことを言っていらっしゃるのだろう。

上を向いたあと、すっかり弛緩《しかん》してしまっていた両手に力を込めた。彼の頬に両手を添える。

アルベリク様のぬくもりを感じながら、わたしは精いっぱい話す。

「ゲームとなんて、比べものになりません。アルベリク様――愛しています」

いまこの瞬間がわたしの現実で、彼は唯一の人だ。

代わりなんていないし、わたしの代わりもいてほしくない。お互いにとって、唯一無二でありたい。

アルベリク様がサファイアの目を細くしてほほえむ。

やっといつもの穏やかな笑みが戻った。

よかった――。

安心したせいか瞼《まぶた》を開けていられなくなり、わたしは目を閉ざした。

第五章　取り巻きモブの未来

すっかり疲れてしまったのか、ミレイユは目を閉じてから数分で寝息を立てはじめた。

浴室で繋がりを持って、彼女の体をぬるぬると弄りまわして、ベッドに連れていってからだって性懲りもなく求めてしまった。

眠っているミレイユに掛け布を被せたあと、かわいらしい寝顔を眺めながら、彼女が語ってくれたことを顧みる。

ミレイユには前世の記憶があり、ここはその前世の人間によって創《つく》られた世界。

なるほど——と納得することばかりだった。

ミレイユが前世でどれくらい年齢を重ねていたのかわからないが、しっかりしているのにも頷ける。

マノン嬢とクリスの仲を取り持つことに必死だったのも、現状のままでは破滅しかないとわかっていたからなのだ。

ミレイユは自分のことを「悪役令嬢の取り巻き」と言っていたが、そんなことはない。

それはひとえに彼女の努力によって『本来のシナリオ』から変わっていったのだろう。

裏を返せば、もしも『ミレイユ』がシナリオどおりの性格だったならば、私はきっとこれほどの幸せを掴めていなかった。

「転生してきてくれて、ありがとう」

魂の運命的な巡り合わせに感謝する。

ミレイユはよく眠っているから、私の声は聞こえていない。それでも、口に出さずにはいられなかった。

人はこの世に生を受けるだけで奇跡だと考えている。

けれど転生したとなればもう、神の域ではないか。

それでミレイユは女神のように美しくて愛らしいのか――と、私はひとり合点《がてん》する。

私の妻は、外見だけでなく心とそれから魂までも神聖で、穢《けが》れがない。

ミレイユのそばにいられること、これからも共に過ごしていけることに幸せを感じる。

だが――これからいっそう気をつけて見ていなければ。

私から見ればイネス嬢こそが『悪役』だ。順調に愛を育んでいたマノン嬢とクリスの邪魔をする略奪者のように思えてくる。

イネス嬢もミレイユと同じ転生者だというから、この世界について私よりも知識が深いということだ。

ミレイユに関しては心強いばかりだが、イネス嬢に至っては脅威でしかない。

いまのところジャルダンという宝石以外に動きはないようだが、ミレイユがイネス嬢から目の敵にされる可能性はある。

私がミレイユを護《まも》るのはもちろんのこと、目の届かないところでは使用人たちにも協力してもらおう。

ミレイユはしっかり者だけれど、自分のことになるとどうも無防備だから。

私は掛け布の中に潜り込み、ミレイユの腰に腕をまわして寝顔を眺める。

挙式を終えれば一晩を共にできると、楽しみにしていた。もちろん彼女と過ごすこの時間は楽しいし充実している。

だが、どんどん不足する。

一晩だけではとても足りない。

しかしミレイユに負担はかけたくない——と、堂々巡りで葛藤してばかりだ。

私は深く長く息をつく。愛しい妻を起こしてしまわないよう、唇にそっと触れるだけのキスをして、なんとか我慢した。

＊＊＊

前世のことを打ち明けて数日が経った。

朝食を終えたわたしはアルベリク様と一緒に彼の執務室へ行った。

ソファに横並びで座る。いつものポジションだ。

「アルベリク様、お尋ねしたいことがございます」

彼は不満そうな顔で「なあに」と答える。

わたしは内心「どうしよう」と少し焦る。

愛称で呼ばないようにするのは、なんとか許してもらえた。

「いまだけでもいいとおっしゃいましたよね?」と、押し切ったかたちだ。心から納得はしていらっしゃらないのだろう。

「ご機嫌ななめですか?」

おずおずと訊けば、アルベリク様はすぐに首を横に振った。

「そんなことはないよ。愛称で呼んでもらえないからって、拗ねているわけではない。ミレイユのそういう頑《かたく》なところも愛しているから」

優しい眼差しだというのに、身が焦げるような気持ちになるのはなぜだろう。

「でも、そうだな――その代わりにと言ってはあれだけれど、キスが欲しい」

ひそやかな声でアルベリク様が言う。

「ミレイユから、して?」

期待に満ちた視線を受けて、心臓がトクッと弾む。

こういうときはもう、なにか考える前に行動してしまったほうがいい。

わたしは身を乗りだしてアルベリク様の唇に自分の唇を押しつけた。

自分からするのってすごく勇気が要るわ。

慣れないせいもある。どうしても脈拍が速くなってしまう。

そっと唇を離すと、アルベリク様は首を傾げて嬉しそうにほほえんでいた。

「もっと深く」

低く甘やかな声でねだられたものの、このままでは艶っぽい雰囲気になってしまいそうだ。彼のスイッチが入ってしまったら、執務どころではなくなる。

「え、ええと……。わたしもそうしたいところなのですけれど、また夜に……でも、よろしいですか？　急ぎご相談したいことがございます」

わたしだってディープキスがしたいと言うのはためらわれた。でもここで本音を隠していてはよけいなすれ違いを生むだけだ。

アルベリク様は「ううん」と唸る。これまでと変わらずほほえんでいるけれど、不満そうだ。

少し前のわたしなら、彼のそういうちょっとした表情の変化に気がつかなかったかも。

同じ笑い顔でも、口の端の上がり方――角度――が、ほんの少し違うのだ。

こういうほほえみを浮かべていらっしゃるときは、ご不満があるということ。アルベリク様のご要望にはすべてお応えしたいけれど、そうもいかない。これからお互いに執務が控えている。いまはゆっくりしている時間がない。

「……わかった。夜まで我慢する。首を長くして待つよ」

「ありがとうございます」と即答して、さっそく話を切りだす。

「クリストフ殿下はイネスさんの誘いに乗らなくなったと聞きました。その後、殿下のごようすはいかがでしょう?」

イネスさんが使用していたジャルダンの効果が切れたのだろう。

一時的に好感度が上がっているあいだに、クリストフ殿下とイネスさんの仲に進展はなかったのだと踏んでいる。

けれど実際のところはどうなのか、クリストフ殿下の近くにいるアルベリク様でなければ知り得ない。

「夫の前でほかの男の話をするなんて」

天ジャの件を打ち明けて以来、アルベリク様はなにかとクリストフ殿下を目の敵にしている。

冗談でそんなふうにおっしゃったのだとわかっている。それでも、わたしの気持ちをしっかりお伝えしよう。

「わたしが愛しているのはアルベリク様です。クリストフ殿下のことをお尋ねするのは、マノン様とリトレ国の未来が心配だから、です」

するとアルベリク様は破顔して「ははっ」と声を上げた。

「はっきり言うようになった」

「い、いけませんでしたか？」

「もちろんいいに決まっているよ。これからも包み隠さず、きみの考えを教えて」

今度はアルベリク様のほうからくちづけてくる。

急なキスだったせいか、頬がやけに熱くなった。

「夜まで我慢なさるのでは？」

照れ隠しにそう言ってみる。アルベリク様は少しも動じず言葉を返してくる。

「深いキスは、夜まで待つよ」

アルベリク様はわたしの唇を指で撫でたどりながら言う。

「けれど話をしているあいだくらいは、きみのぬくもりを満喫していい？」

「ひゃっ！」

ソファの座面に押し倒され、頬ずりされる。そんなふうにされると、これから執務があることや、マノン様たちのことについて考えられなくなりそうだった。

幸せだけれど、だめよ。しっかりしなくちゃ。

自分に言い聞かせつつ、アルベリク様に「それで、殿下のごようすは?」とあらためて尋ねた。

アルベリク様はわたしの胸に顔を埋めて「んん」と幸せそうに唸ったあと、ゆっくりと顔を上げた。

「クリスはイネス嬢とデートしたことを激しく後悔しているよ」

「後悔――ですか」

じつはマノン様が「クリストフ殿下はイネスさんと会うのをやめたのにわたくしのもとへも来てくださらない」と嘆いていた。

「マノン嬢に合わせる顔がないとも言っていた。クリスはちょっと意地っ張りなところがあるから、マノン嬢のもとへ戻るに戻れないのだろう」

「損な性格だ」と付け加えて、アルベリク様はふたたび顔を伏せる。胸の上で顔を左右に振って、甘えていらっしゃるようだった。胸元と心の中がくすぐったくなる。

「クリストフ殿下はいまでもマノン様のことを大切に想っていらっしゃる――ということですよね?」

アルベリク様は身を起こすと、わたしの髪を掬って弄びはじめた。

「そうなるね。ジャルダンのことをクリスには話していないから、自分の行いを悔いて困惑しているようだった」

「クリストフ殿下にジャルダンのことをお話ししたほうがいいのでしょうか」

「いや、やめておこう。もう過ぎてしまったことだし、きみの前世についても話さなければならなくなる」

髪を手繰り寄せられ、そこにキスを落とされた。

「前世のことは私とミレイユだけの秘密にしたい」

そんなふうに独占欲を剝きだしにされると嬉しいものの、それではどうやってマノン様とクリストフ殿下の仲を修復すればよいのだろう。

わたしはアルベリク様の美しい双眸《そうぼう》を眺めながら熟考する。彼の瞳はサファイアに似ているのだけれど、光の加減によっては濃いアクアマリンにも見える。

そうだわ、アクアマリンよ。

わたしは胸の前で手のひらを合わせてアルベリク様に提案する。

「クリストフ殿下に、アクアマリンをお贈りするのはいかがでしょう？」

アルベリク様は口の端を上げて頷く。

「ミレイユが品評会で説明してくれた、石の持つ力だね？」

「はい。アクアマリンには癒やしと、素直になれる効果があると言われています。ジャルダンのような確固たる効果はありませんから、おまじないに過ぎませんが――」

宝石の力を信じてみるのも一興だと思うのだ。

「いまのクリスに必要なのは、そういうおまじないだよ。私が宥《なだ》めても、なかなか踏みだせないでいるから。たまには変わったアドバイスをしてみるのもいい」

アルベリク様がぱちっとウィンクをした。わたしは大きく頷く。

彼はしばらくなにも言わなかった。じいっと、視線を据えられている。

「……ごめん、やっぱり夜まで待てない」

視界が暗くなり、唇を塞がれる。深く食《は》まれて、ざらついた舌が侵入してきた。

「んふ、う……ぅ」

いけないと思いながらも交わすディープキスは、背徳感と相まって至上の気持ちよさだった。


その後、わたしはアクアマリンと、それからサンストーンを用意した。

アクアマリンは、アルベリク様からクリストフ殿下に渡してもらった。前向きになれる力があると言われているサンストーンは、わたしからマノン様に贈った。

宝石に秘められた力が効いたのかどうかわからないけれど、マノン様もクリストフ殿下もお互いに「会いたい」という気持ちが膨れ上がっているようだった。

そこでわたしはデートプランを練る。

アルベリク様からの提案で、マノン様とクリストフ殿下、わたしとアルベリク様の四人で植物園へ行くことになった。

マノン様とクリストフ殿下のデートを、わたしたちが見守る恰好だ。

いまの状態でおふたりだけにしてしまうのは、心配だもの。

イネスさんのことがある。これ以上、こじれてほしくない。

そして休日。わたしたちは四人で、王都の端にある大きな植物園へ行った。

天気は快晴。暑くも寒くもない。デートにぴったりの気候だ。

この植物園は、天ジャの中でも代表的なデートスポットだった。ただ、ここへ来るまでに馬車で三十分ほどかかるから、マノン様たちに勧めたことはなかった。

クリストフ殿下は常に多忙だ。

移動に時間がかかる遠い場所をデートスポットとして勧めないほうがいいと思っていたのだけれど、今回はアルベリク様がクリストフ殿下の予定をうまく調整してくださった。

植物園の入り口から中へ入れば、お行儀よくシンメトリーに配置された木々と花々が出迎えてくれる。

「広々としていてきれいなところだね」

アルベリク様の言葉に「ええ、本当に」と相槌を打ちながら、わたしはマノン様とクリストフ殿下を盗み見た。おふたりとも無言で、目も合わせない。

馬車に乗っているあいだもそうだった。マノン様もクリストフ殿下も、わたしとアルベリク様が話しかければ答えてくださる。けれどおふたりだけでの会話はまだない。

　ここは助け船を出さなければ。

「マノン様、クリストフ殿下。一緒に宝探しをいたしませんか？」

　わたしが急に話しかけたからか、おふたりはきょとんとしていた。

　植物園について、見所は前世時代から熟知している。

「この植物園には三つの宝物があると言われております。ひとつめはクマの宴、ふたつめは白亜の泉、そして最後は青の至宝です」

　マノン様は首を傾げて、クリストフ殿下は「クマの宴？」と、少し怪訝《けげん》な顔をなさった。

　よかった、興味を持ってもらえたみたい。

　宝物の名称からは、それがなんなのかわからない。実際にその場所を訪れる必要がある。

　仲間意識と目的意識を持って宝物を探しながら、以前のようなおふたりの関係に戻ってくれれば本望だ。

　名付けて『一緒にミッションをこなすことで気まずさを払拭しよう』作戦である。

　わたしのすぐそばにいたアルベリク様が「いいね」と賛同してくれた。

「私とミレイユはなにが宝物なのか知っているから、クリスとマノン嬢だけでその場所を探してみてはどう？」

　思いがけない提案に、わたしは心の中で「えっ⁉」と叫ぶ。

いっぽうでクリストフ殿下は「わかった」と即答した。

マノン様は少し不安そうな顔ではあったけれど、わたしのほうを見て小さく頷いた。

「決まりだね。それじゃあ一時間後にまたここで会おう」

「ああ。宝物は必ず見つけてみせる」

意気込むクリストフ殿下と、いつになくわくわくしているようすのマノン様が植物園の奥へ歩いていくのを見送ってから、わたしはアルベリク様に話しかけた。

「アルベリク様？　いまマノン様たちをおふたりきりにしてしまうのは心配です」

護衛が一緒だから、彼らは完全にふたりきりではないものの、供の者は会話に参加しないだろう。

「大丈夫だよ、ふたりを信じよう。私たちがあまり過保護にするのもよくない。彼らの絆が本物なら、自力でどうにかできるはずだ」

アルベリク様は顎に手を添えて、挑発的な笑みを浮かべる。

「そもそも、ここまでお膳立てしているのだから乗り越えてもらわなければ困る」

「そう……ですね。わたしもおふたりを信じます」

ジャルダンの効果は切れている。アルベリク様の言うとおり、あとはもう見守るほうがいいのだろう。

「私たちはのんびりふたりきりで過ごそう。せっかくの休日なのだから、私たちも楽しまなければ、ね」

不思議だわ。そんなふうに言われると、マノン様たちの仲を修復しなくちゃって——気負っていたのが嘘みたいに、心が軽くなる。

自然と顔が綻んだわたしを見て、アルベリク様はいっそう表情を明るくした。

「まずは、宝物の場所へ先回りしようか」

「アルベリク様もご存じだったのですね」

「ここには珍しい植物が多いからね。けれどミレイユのほうが詳しそうだ」

わたしは笑って「恐れ入ります」と返す。

「ミレイユには敵《かな》わないな」と、アルベリク様は軽い調子でぼやいていた。

いつものように彼と手を繋いで歩きだす。

まずはじめに向かったのは『クマの宴』と呼ばれる宝物の場所だ。

クマの形のトピアリーが円状に配置され、それぞれ踊っているように見えることからそう呼ばれている。

次に『白亜の泉』。ここには文字通り純白の噴水があり、白い花ばかりが植えられている場所だ。

そして最後の『青の至宝』こそが、この植物園で最も魅力的なスポットとなっている。

青の至宝と呼ばれるこの場所には、青い薔薇があたり一面に咲き乱れている。

本来、青い薔薇は自然界に存在しない。この世界の文明では青い薔薇を生みだすことは不可能だと思うのだけれど、どういうわけか青い薔薇が群生しているのだ。

それはジャルダンの存在と同じかもしれない。天ジャの世界だからこそ、そこにある。

そういう意味ではわたしも同じだわ。

本来ならわたしはいないはずの人格だ――。

「この青い薔薇は、ミレイユと同じだね。奇跡的な存在だ」

アルベリク様もまた、青い薔薇について知識が深いのだろう。

青い薔薇と一緒にわたしまで愛でてもらっている。「奇跡的」だと言われて気恥ずかしい反面、そんなふうに思ってもらえることが嬉しかった。

そうして一時間が経った。わたしとアルベリク様は植物園の入り口に戻り、ふたりを待った。

花々の向こうから、マノン様とクリストフ殿下が歩いてくるのが見えた。ふたりともにこにこしている。

「どうだった?」とアルベリク様が尋ねる。

「宝物の場所はすぐにわかった。まずひとつめは――」

クリストフ殿下が順に答えを言っていく。殿下の答えを聞き終えたわたしは「全問正解でございます」と言った。

マノン様とクリストフ殿下が、嬉しそうに顔を見合わせる。ここに着いたばかりのときは目も合わせなかったのが嘘のようだ。

「ね、言ったとおりでしょ？」

アルベリク様が耳打ちしてきた。わたしは小さく頷く。

おふたりが仲直りしてくれて本当によかったわ。

これで一安心――だけれど、懸念事項はまだ残っている。

わたしと同じ、転生者のイネスさんだ。

ジャルダンの効果が切れ、マノン様とクリストフ殿下の仲が良好となれば、イネスさんは次にどんな行動を取るだろう。

ほかの攻略対象者との出会いを求めるのか、あるいはまたクリストフ殿下にアプローチをかけるのか。

尋ねてみなければわからない。

わたしたちは皆、一所懸命に生きている。単なるキャラクターではない。そのことをイネスさんにわかってもらえるまで、きちんと話をしよう。

曇天の昼下がり。わたしはメイドと一緒にイネスさんのもとを訪ねた。

王宮の侍女宿舎からイネスさんが出てくる。今日イネスさんは非番なのだと、あらかじめ他の侍女から聞いていた。

「ミレイユ様、ごきげんよう」

イネスさんがふわりとほほえむ。笑った顔も声もすごくかわいい。まさにヒロインだ。

わたしもまた笑みを返して「ごきげんよう」と挨拶した。

「訪ねてきてくださりありがとうございます。ちょうどイネスも、ミレイユ様とお話がしたいと思っていたんです」

イネスさんは自分のことを名前で呼ぶらしい。

「奇遇ですね。イネスさんのお時間が許すかぎり、じっくりとお話をさせていただきたいです」

「はい」と返事をして、イネスさんがわたしのすぐそばまでやってくる。

「ふたりきりでお話したいです。この世界について」

ドキッとしてしまう。

わたしも転生者なのだと、イネスさんはわかっていらっしゃる?

この世界にどれくらい転生者がいるのかわからないけれど、きっとそう多くはない。わたしとイネスさんのふたりだけかもしれないから、そういう意味では貴重な仲間だ。

わたしはメイドに「先に公爵邸へ戻っていてくれる?」と頼んだ。

「ですが――」と、メイドは困惑顔だ。

「大丈夫。イネスさんと込み入った話をするだけで、それが終わればすぐに屋敷へ戻るわ」

メイドは心配そうな表情で「かしこまりました」と答え、わたしとイネスさんに会釈してその場をあとにした。

前世の話は他言無用だ。アルベリク様はいま執務の真っ最中だし、話をするだけならわたしひとりでも問題ない。

「ここではあれですし、ミレイユ様を侍女宿舎にお通しするわけにもまいりませんから……そうですね、王宮の箱庭へ行きましょう。あそこならだれも来ません」

王宮の箱庭――それは天ジャの中で、クリストフ殿下とヒロインが逢瀬《おうせ》に使う秘密の場所だ。

わたしは頷いて、イネスさんと一緒に箱庭へ向かう。

侍女宿舎の裏手にある細い道を通って進めば、蔓薔薇が生い茂るこぢんまりとした空間に出た。

わたしとイネスさんのほかに人はいない。王宮の衛兵は、このようなところまで巡回しないのだろう。

イネスさんがこちらを向いて、大きなため息をついた。

楚々《そそ》とした柔らかな笑みを浮かべていたイネスさんの表情が一変する。

イネスさんは腕を組むと、鋭い目つきでわたしを見た。

「あんた転生者でしょ？」

それまでとは打って変わって、とても低い声だった。口調もまったく違っていて、いやに乱雑だ。

表情にしても、ヒロインのイメージとはかけ離れていた。イネスさんは深く眉根を寄せて、唇をへの字に曲げている。

「シナリオと違うことばっかりしてるから、あんたもイネスと一緒――転生者だってすぐに気づいたわ」

不満を吐き捨てるように、イネスさんは話し続ける。

「わざわざ崖の上までジャルダンを取りにいったけどなかった。だからすぐにぴんときたの。ミレイユが隠してるんだ、って。だからね、イネスのピッキング技術で盗んでやったのよ。すごいでしょう？　前世の技術がこんなふうに役立つなんてね、ふふっ！」

イネスさんは誇らしげに笑っているけれど、とても自慢できることではない。犯罪だ。

「ジャルダンを手に入れればクリストフなんて楽勝で落とせるはずだった」

わたしがなにも言わずとも、イネスさんは喋り続ける。

「それにマノンもおかしいわ。イネスとクリストフがいちゃいちゃしてれば、絶対なにか仕掛けてくると思ったのに、なーんにもしてこなかった。マノンがイネスにちょっかいを出せば、こっちのものだったのに！」

イネスさんは天ジャのシナリオ通りになることを望んでいたのだとわかる。

マノン様がイネスさんに危害を加えるようなことがあれば、バッドエンドへまっしぐらになってしまう。

「全部、あんたの差し金よね？　転生者だからって、イネスたちを手のひらで転がして楽しんでたんでしょ？」

「そんな――そのようなことは」

とっさに否定したものの、考えてみればたしかに、天ジャのシナリオとは異なる結末になるよう立ちまわってきた。

言葉に詰まっていると、イネスさんはいっそう顔を歪《ゆが》めた。

「イネスの邪魔ばっかりして……許せない」

恨みがましい、低い声だった。

「どいつもこいつも、どうしてイネスの思い通りにならないの⁉　イネスがヒロインなのよ！　もっとイネスを大切にしてくれてもいいじゃない！」

鬼のような形相をしているイネスさんに、わたしはできるだけ平静を保って話しかける。

わたしまで息巻いていてはきっと、話し合いにならない。

「イネスさん、どうか落ち着いてください。わたしはたしかに転生者です。いままで黙っていて申し訳ございません」

「ふんっ、謝って済む問題じゃないわ。だいたい『ミレイユ』は素直に謝るキャラじゃないんだから！」

勢いに気圧されそうになりながらも、わたしは必死に声を絞りだす。

「ここは天ジャの……空想上の世界です。でも、わたしたちはゲームのキャラクターじゃない。いまこの世界が、わたしたちのすべてではないですか」

イネスさんに睨《にら》まれたものの、伝えたいことはまだある。

「みんなちゃんと心があります。だから、イネスさんの思い通りにはなりません」

もっと人の心に寄り添わなければ、考えを知ることすらできない。

他人の考えを知らずして、なにも解決なんてできないし上手《うま》くもいかないものだとわたしは思う。

イネスさんは黙り込んで、俯《うつむ》いている。

「……っ、なによ偉そうに……」

顔を上げたイネスさんの目は、血走っていた。

「イネスがもっと快適に過ごせるように、邪魔なキャラクターは消さなくちゃ」

イネスさんのことだというのに、まるで他人事のような口ぶりだ。

それは、彼女自身も含めゲームのキャラクターだとしか認識していないということ。

さっきのは、わたしの言い方がまずかった。

イネスさんの心にも寄り添った言葉でなければと、考えたときだった。

イネスさんがデイドレスの内ポケットに手を入れた。そこから取りだされたのは果物ナイフだった。

刃の部分にはケースがついていたのだけれど、イネスさんはそれをもったいぶるように外していった。銀色の鋭い刃が、きらりと光る。

ここに果物はない。この話の流れで、イネスさんが果物を切ろうとしているわけがない。

「なぜ、ナイフを」

愚問だ。動転してしまっている。

「なにかと役に立つからに決まっているじゃない。邪魔なものをいますぐ消したくなったときとか、ね」

イネスさんから見てわたしはどう考えても「邪魔なもの」だろう。

「……っ！」

話し合いで解決できると考えていた自分の甘さを悔いる。

ふたりきりになるのも避けるべきだった。

いや、いま必要なのは後悔よりも行動だ。

わたしはイネスさんに背を向けて、もと来た道を大急ぎで戻る。

「待て！」

イネスさんが追いかけてきたものの、振り返らずに走り続けた。

そうしてなんとか侍女宿舎の近くまで戻ってくることができた。

全速力で走ったから息が切れているし足も痛い。けれどそんなことに気を取られていては、命がなくなる。

このまま公爵邸まで走るのは現実的ではないから、衛兵を見つけて保護してもらうしかない。

「だれか……っ、だれかいませんか」

大声でそう叫ぶつもりだったのに、虫の鳴くような声にしかならなかった。

息苦しさと恐ろしさで、うまく声が出せない。はあはあと、呼吸ばかりが荒くなる。

足がもつれてしまい、叢《くさむら》の上に倒れ込む。すぐに立ち上がろうとしたけれど、恐怖心のせいかままならない。

せめて茂みに隠れなければと、わたしは地面を這いつくばっていた。

「ふふっ、いい気味。いかにも悪役令嬢の取り巻きって感じ。モブ感すごいわぁ」

気がつけば、背後にイネスさんが立っていた。わたしを見おろして嘲笑している。

果物ナイフとはいえ、刺されればひとたまりもない。

逃げなくちゃ。

わかっているのに体が動かない。声も出せない。

イネスさんがナイフを持った手を振りかざす。わたしはとっさに顔の前に両手をかざした。そんなことをしたところで、刺されるのにはきっと変わりない——。

「ぎゃっ、ああっ」

呻《うめ》き声《ごえ》が聞こえた。無意識に目を瞑《つぶ》ってしまっていたわたしは、そっと瞼を持ち上げる。そこにはアルベリク様がいた。イネスさんの両腕を彼女の背中で締め上げて、軽やかな身のこなしでその手からナイフを放らせた。

「ミレイユ……っ」

アルベリク様の息は弾んでいる。

「なによ！　むかつくっ、放しなさいよ！」

暴れるイネスさんを、アルベリク様は軽々と地面に押え込み、大きな声で「衛兵！」と叫んだ。よく通る声だった。すぐに衛兵が駆けつける。

「ミレイユはイネス嬢に襲われたのだね？」

わたしはまだ声が出せずに、頷くことしかできなかった。

「この者を牢《ろう》へ」

アルベリク様はイネスさんを衛兵に引き渡す。衛兵は懐から縄を取り出して、イネスさんの両手を縛り上げていった。

「牢屋《ろうや》？　勝手なこと言わないで、イネスはヒロインなのよ！」

「ヒロインというのは、他人をナイフで襲うのか？　違うだろう」

いつになく冷ややかにアルベリク様が言った。彼がどんな表情でイネスさんを咎《とが》めているのか、わからなかった。ここからだと、アルベリク様の背中しか見えない。

ただ、イネスさんは急に顔を青くして口を噤《つぐ》んだ。

アルベリク様のことがよっぽど恐ろしかったのだろう。そのあとはがくりと項垂《うなだ》れたまま、衛兵に連行されていった。

アルベリク様はくるりと身を翻して、地面に座り込んでいるわたしのもとへ来てくれる。

「ミレイユ、怖かったね」

抱きしめられ、背中を撫で上げられた。彼に、地面に膝をつかせてしまっているのが心苦しいのだけれど、体に力が入らない。

「こんなに震えて……」

言われて初めて、自分の体がガタガタと震えていたことに気がついた。

「メイドから、きみがイネス嬢とふたりきりで話をすることになったと聞いて、心配でようすを見にきたんだ」

大きな手のひらがわたしの頬を覆う。彼の表情は悲痛さを伴っている。

「来て、よかった——本当に」

アルベリク様が来てくださらなかったらと思うと、ぞっとする。

浅はかな行動を取ってしまった後悔と、感謝の気持ちで心が埋め尽くされる。

「ごめんなさい……。ありがとう、ございます」

やっと声を出せた。けれどその声が震えていたからか、アルベリク様は心配そうに顔を歪めて、わたしの体をふたたびをぎゅうっと抱きしめてくれた。


牢へ連行されたイネスさんの部屋からジャルダンと、ほかにも多数の宝飾品が見つかった。そういった物的証拠により、イネスさんはジャルダンの窃盗以外に、侍女宿舎で多発していた盗難事件も彼女の仕業だと判明し、罪を問われることになった。

それは天ジャのヒロインが迎えるどんな結末にもない。

人は、出会うだけでは運命なんて変わらないのだろう。

その出会いに対してどう接するか、どう行動するかで変わるのだ。

なにが正解なのかわからないこともあるけれど、しっかり前を向いていればきっと幸せを切り開いていける。

マノン様とクリストフ殿下の挙式に参列したわたしは、そのことを強く実感していた。

純白のウェディングドレスに身を包んだマノン様が、弾けんばかりの笑みを湛えている。

いつもどこか自信なさげで、クリストフ殿下の顔色ばかりを窺っていたマノン様は、も

ういない。

ふたりを祝福する晩餐会《ばんさんかい》が終わるころ、マノン様とクリストフ殿下が王宮のエントランスまでわたしたちを見送りにきてくれた。

「アルの公務を俺が代わりにこなすから、ハネムーンへ行ってくるといい」

クリストフ殿下からそう言われたアルベリク様は「気が利くね」と、笑みを深くする。

「もちろんアルたちのハネムーンが終われば、俺たちの公務を代わってもらうつもりでいる。マノンと蜜月を過ごさせてもらう」

そうしてクリストフ殿下はマノン様と顔を見合わせた。

ふたりの嬉しそうな笑顔を見ているとわたしも幸せな気分になる。

充足感と、未来への期待で胸がいっぱいになる――。


ハネムーンへは、アルベリク様の提案でリトレ国外へ行くことになった。アルベリク様から、どういう場所がいいのか細やかに尋ねられて、目的地が決まった。

王都からコルトー伯爵領を抜けてさらに南方へ行く。

海に面した港町はとてものどかだった。田園風景を楽しみながら、馬車で高原を目指す。

「わあっ……！」

声を上げて、車窓に貼りつく。

紫色の小さな花——無数のラベンダーが、風に揺られているのが見えた。

わくわくするあまり、早く馬車を降りて全景を見たいと思ってしまう。

「ミレイユ、楽しそうだ」

いつから見られていたのか、隣に座っていたアルベリク様が言った。

「はい、すごく」

子どものようにはしゃいでしまっているのが少し恥ずかしいけれど、楽しいものは楽しい。心が躍る。

アルベリク様が、ほほえましい顔でわたしを見てくる。笑い返せば、彼は「かわいい」と呟いてわたしの肩を抱き、頬にキスをした。

馬車が停《と》まり、外へ出る。視界いっぱいにラベンダー畑が広がっていた。

「きれい——」

空は青く、地はどこまでも紫で、美しい。

「歩こうか」

促されるまま、どこまでも続くラベンダー畑の小道をアルベリク様と一緒に歩く。

ラベンダーの爽やかな香りを満喫しつつ、彼としっかり手を繋いで小道を進む。

紫色のかわいらしい花々は、眺めているだけで心が落ち着く。癒やされる。

ほどなくして分かれ道に差しかかる。

「ミレイユ、こっちだよ」

その後もいくつか分かれ道があった。すべてアルベリク様が指示したほうへ、迷いなく進んでいく。

あてどなく歩いているのではないみたい。

「どこか目的地が？」

わたしが尋ねると、アルベリク様は「うん」とだけ答えて、多くを語らなかった。

木立を通り過ぎ、幅の広い川辺に出る。

川に架かるアーチ橋は巨大だった。アーチの部分が水面に映り込んでいるからなおさら、空間の広大さを感じる。

風が吹けば、近くの木々と花たちがさわさわと揺れた。

まるで名画を見ているよう――。

わたしは言葉もなく、その美しさに感動していた。

「この場所には、前世でも来たことがなかった？」

「はい、初めてです」

アルベリク様は「よし」と声を弾ませる。

「やっとミレイユを、きみが知らない場所に案内できた」

わたしはすぐに「ありがとうございます」とお礼を言った。

「広いラベンダー畑を見たのも、こんなに美しい橋を見たのも初めてでした。けれどアルベリク様とご一緒ならどこでだって嬉しいですし、幸せです」

精いっぱい感想を述べると、アルベリク様は青い瞳を細めた。

「ありがとう、私も同じだよ。でもやっぱり、ミレイユの『初めて』を知りたいんだ」

アルベリク様は「私は強欲だな」と自嘲している。

「いいえ――アルベリク様がお優しいだけです。わたしが新鮮味を感じられるようにと、ご配慮くださっているのですよね」

「ん、まあ……そのほうが、聞こえがいいか」

冗談ぽく言って、アルベリク様は繋いでいた手に力を込めた。

わたしたちは橋を渡り、元々来たのとは別の道を通って馬車へ戻った。

港町を散策しているあいだも、穏やかで和やかな時間が続いた。

「クリスたちが無事に結婚してくれたからか、のんびり過ごせるね」

前方に海が見える石畳の路地を歩きながらアルベリク様が言った。

「わたしも同じことを考えていました。おふたりがご結婚なさって本当によかったと、思うのですけれど……」

「もしかしてまだふたりに世話を焼きたいの？」

「はい、じつは少し。でも、もうご結婚なさったのですしおせっかいですよね」

「そんなことはないよ。私たちのハネムーンが終わればきっと嫌というほどこき使われる」

「忙しくなりそうで、楽しみです」

「ははっ――本当、ミレイユは勤勉だ」

彼は立ち止まり、わたしの顔を覗き込んでくる。

「全部好きだよ、ミレイユ」

「……！」

結婚してだいぶん経つというのに、アルベリク様にはいつもドキドキさせられる――。

陽が沈むころに、高台にあるヴィラへ向かった。

真っ白な建物のまわりに椰子《やし》の木が配置されている。南国ムードたっぷりだ。

ヴィラの食堂で夕食をとる。

地元の海鮮料理はカラフルで、どれもこれも美味《おい》しそうだ。

わたしは一口、食べるたびに感嘆する。

「頬が落ちそうです……！」

「うん、絶品だね」

アルベリク様も、美味しそうに料理を頬張《ほおば》っていた。

広い浴室で湯浴みを済ませたあとは寝室で晩酌をする。

わたしは白いナイトドレスを、アルベリク様は夜色のナイトガウンを着て、リラックスモードだ。

ふかふかのソファに座り、ローテーブルの上に準備されていたふたつのグラスにワインを注ぐ。

わたしとアルベリク様はそれぞれグラスを持ち、その端を小さくコツンと合わせて乾杯した。

果実のような甘い風味の白ワインは喉越しがよく、つい飲みすぎてしまう。

「頬が赤いね。夜風に当たろう」

アルベリク様は心配そうな顔でわたしの腰を抱いた。そのままバルコニーへ出る。

彼の言うとおり、お酒のせいで熱を帯びた頬に風が当たって、気持ちいい。

バルコニーからは、港町と船の明かりを眺めることができた。アルベリク様と寄り添って目にする光景は、特別だ。

ずっと忘れないでいたい出来事が、どんどん増えていく。

充分すぎるほど幸せを感じていたのに、アルベリク様がそっとくちづけてくるものだから、幸福感が増す。

熱く柔らかい、夢のようなキスを交わす。

「ふ……っ」

しだいに興奮してきてしまって、どこか艶めかしく息が漏れた。

アルベリク様はわたしの心情を悟ったのか、小さく笑って「ベッドへ行く?」と提案してくださる。

部屋とバルコニーを行き来できるガラス扉を開け放したまま、ふたりでベッドに上がり込む。

ベッドに組み敷かれてからもなおキスが続いた。

静かな部屋に、ちゅっ、ちゅっというリップ音だけが響く。

しっかりと指を絡められた両手を、シーツの上に押しつけられる。その仕草に、彼の情熱を感じる。

キスを繰り返されるたびに唇が熱を持っていくようだった。

アルベリク様は少しだけ唇を離して、わたしの顔を見る。

「夜風に当たって冷めた頬が、また火照っているね?」

彼はくすくすと笑っている。

「だって……アルベリク様がそんなふうにキスなさるから」

「そんなふう、って?」

「それは、あの……柔らかくて、うっとりするような……キス、です」

「なるほど。『そんなふうに』感じているんだね。じゃあ、これは?」

これから施されるキスに、期待してしまう。そしてアルベリク様はいつも、わたしの期待を裏切らずに応えてくれる。

呼吸まで奪うように深く唇を食まれ、熱を孕《はら》んだ舌が口腔に入ってくる。とたんに全身が大喜びして、もっともっと快感が欲しくなる。

「ん、ふっ……んん、んっ……！」

気持ちがよくて、けれど激しいから、繋いでいる手の指につい力が入る。

それでもアルベリク様は動じずに、舌と舌を絡ませながらしっかりとわたしの両手を握っていてくれた。

深いキスが止《や》む。アルベリク様はわたしのようすを窺っているようだった。

「ミレイユはどう感じた？」

「あ……ぁ、熱い……」

ほかにも感想があるはずだけれど、それだけしか言えなかった。いっぱいいっぱいになっている。

アルベリク様がわたしの頬に片手を添える。

「同感だ。きみの唇も頬も、熱くなっている。溶けそうなくらい――」

感情と快感をさらに煽《あお》るように、ふたたび深いキスをされる。

お酒のせいか少しくらくらする。けれどいつもよりさらに気持ちがよくて、ふわふわと浮かんでいるような気分になった。

彼はわたしの舌を翻弄しながら胸元を乱していく。

「んっ……んぅ」

胸にも触ってもらいたくなっていたから、ナイトドレスを乱されるのは大歓迎だ。

ドレスの中央で結ばれていたリボンが解けて襟が左右に開き、乳房が露わになる。

ふたつの膨らみを両手でぎゅっと鷲掴みにされ、その先端を指でくりくりと虐《いじ》められた。

すぐに下腹部がトクッと反応する。

「ふぅ、うぅっ——あぁっ……！」

乳首を強く押されたのと、彼の唇が離れたのが同時だったので、勢いあまって急に大きな声が出てしまった。

アルベリク様は楽しそうにわたしの乳首を指で押し込む。胸の頂はすぐに硬くなって、気持ちがいいのだと全力で訴える。

「あっ、あぁ……ん、ふぅ」

気持ちいい、けれど。

指で押すばかりではなく、つまんでほしいと思ってしまう。

ラベンダー畑や橋を見たときアルベリク様はご自分のことを「強欲」だとおっしゃっていたけれど、わたしのほうがよっぽどそう。

アルベリク様にもっと気持ちよくしてもらいたくて、くねくねと体を捩る。

「押されるだけでは物足りなくなってしまった？」

わかっていらっしゃるはずなのに。

ところがそうしてあえて尋ねられるのもやっぱり快感だから、困る。

「そう、です……。わたし、もう……物足りない」

本心をそのまま伝えると、彼は嬉しそうに「そう」と相槌を打った。

「ちゃんとつまんであげるね」

幼い子どもを宥めるような口調もまた悦くて、体じゅうがきゅんきゅんと締めつけられるようだった。

二本の指でおもむろに乳首をつまみ上げられる。

少しじらされたぶん、よけいに気持ちがよくて息が乱れる。

「はぅ、あぁ……あっ、んぅ」

乳首を捻りまわされると、快感と興奮で脈が速くなっていく。

わたしが肩や腰を揺らすたびにナイトドレスがはだけて、気がつけば上半身が裸になっていた。

アルベリク様はわたしの肌を手のひらで撫でつけながら身を屈《かが》め、乳房に顔を寄せる。

そうして胸の先端に顔を近づけられるだけでぞくっとする。さらに期待感が募る。

彼はわたしの胸に突っ伏して谷間を舐めた。

熱い舌が膨らみの稜線《りょうせん》を上りはじめる。とても緩慢な動きだから、胸の頂に辿りつくまで時間がかかりそう——。

「ふぅう、う……」

不満な気持ちが、喘ぎ声になって漏れでる。アルベリク様が吐息だけで笑う。

舌が薄桃色の部分に触れるのを、わたしはひたすら待ち続けた。

きっといま、物欲しそうな目をしてしまっている。わかっていても、彼の肉厚な舌を目で追うのをやめられない。

舌が乳首に触れる前から、想像だけでも気持ちがよくなるので、我ながら呆れる。

でもやっぱり、実際に熱い舌で触れられると、想像とはまったく違う。

「ひぁああっ、あぁっ！」

過剰に反応して大声が出る。

乳首の味でも確かめるように、ねっとりと舌をあてがわれている。

「ふ、うっ……ふ、はぁ」

自分の吐息が耳につくものの、コントロールできるはずもなく、それを意識するとますます息が上がった。

胸の頂をじっくり舐めまわされたあとは、乳輪ごと彼の口腔に収められる。

強く強く吸い立てられれば、いつもそれだけで昇りつめてしまいそうになるから困る。

そしてアルベリク様は、いつだって楽しそうにわたしの乳首を吸ったり指で弄ったりなさる。

じゅうっだとか、ちゅうっという水音が響くのも毎回のことで、むしろその音を耳にしなければ物足りなくなるくらいだった。

快楽の沼にどっぷり嵌《は》まっている。

体に力が入らなくなるほどさんざん乳首を愛でられた。アルベリク様も満足したのか、顔を上げる。

いつのまにか彼のナイトガウンの胸元も乱れていた。厚い胸板が垣間《かいま》見《み》えているのが煽《せん》情《じょう》的だ。

「アルベリク様も、脱いでくださいませんか？」

そんな言葉をためらいもなく言ってしまうほど、酔いがまわっているのだと思う。あるいは、強い快楽を与えられ続けたことで思考まで蕩けている。

欲望に抗えない。アルベリク様の素肌を、もっとよく見たい。

わたしの発言が意外だったらしく、彼は何度も目を瞬かせていた。

アルベリク様は少し困ったようにほほえんで「うん」と返事をする。

彼が夜色のナイトガウンを脱ぐのを、わたしはひたすら見つめ続けた。

ああ——やっぱり、惚《ほ》れ惚《ぼ》れする。

引き締まった体は頼もしくて、艶めかしくもある。

ついつい時間を忘れて眺めてしまう。しかも、目の前に手をかざされるまでそのことに気がつかなかった。

「ぼうっとして、どうしたの」

「あ、いえ……ぼうっとしていたのでは、ありません。見とれてしまって……」

彼はわたしがなにに見とれているのかわからないらしく、首を傾げた。

なんにでも敏《さと》いアルベリク様なのに、そういうところは無自覚なのもよくて、胸がときめく。

わたしはいよいよ我慢ができなくなった。

「お体に触っていいですか?」

じつはずっと触ってみたいと思っていた。

一緒に過ごす夜はいつも翻弄されるばかりで、わたしから行動を起こすことはほとんどない。

けれど今夜はお酒のせいなのか、ハネムーンという特別な時間だからか、少しも自制できなかった。

アルベリク様は目を細くして「いいよ」と返す。

わたしはさっそく両手を伸ばして、彼の胸板をぺたぺたと触った。

すごく硬い。

肌は滑らかだけれど質感は硬く、がっしりしている。

アルベリク様は毎日、欠かさず鍛錬をなさっているから。

そうしてこの肉体美を維持しているのだろう。

「ミレイユ、少し飲み過ぎたのではない？　いつになく大胆だ。……大歓迎だけれどね」

長い睫毛《まつげ》を伏せて、彼がじいっと見おろしてくる。

「アルベリク様が、魅力的だから――です」

わたしは彼の体に夢中だった。胸板だけでなくほかのところにも触ってみたくなる。

「もっと触りたいです」

正直に吐露すれば、アルベリク様はほほえんだまま頷いた。

二の腕や脇のほうも両手で確かめていく。

ムキムキなわけじゃないのに、しっかり筋肉がついてて――本当、かっこいい。

「いいお体ですね……」

わたしの呟きに対して、彼からはなにも反応がなかった。

失言だっただろうかと心配になって上を向く。

アルベリク様は珍しく頬を紅潮させていた。

わたしは思わず両手を伸ばして、彼の頰を覆う。熱くなっている気がした。

「照れていらっしゃるのですか？」

「……そうだよ」

ばつが悪そうに、あまり口を動かさずにアルベリク様が言った。

二の腕や脇腹など、わたしが触れたのと同じ箇所に触れられる。それから下半身でもたついていたナイトドレスをすべて剝《は》ぎとられた。

「さっきの言葉……そのまま返す」

わたしが彼に「いいお体」と言ったことを指しているらしかった。

ふたつの膨らみをぎゅっと摑まれ、揉みしだかれる。彼の体に触るどころではなくなってしまった。

「きみがしたのと同じことをしているだけだからね？」

「や、うっ……わ、わたし……そんな、揉んで……ない」

「それはそうだけれど」

おかしそうに笑いながらも、アルベリク様はその手で乳房の形を変える。

「んん、う」

ごく自然に、彼の片手が脚の付け根まで下降していく。

太ももの内側を外方向へやんわりと押される。脚を開くよう促されている。

わたしはおずおずと脚を広げた。

アルベリク様は少しも遠慮せずにわたしの秘所を見つめる。

その部分を見てほしいのか、見られたくないのか自分でもわからない。

じいっと視線を据えられるとよけいに、秘めやかな箇所が熱を帯びる。

「私の体に触っているあいだもここを濡《ぬ》らしていた？」

急に彼と目が合ったので、ドキッとした。わたしは「うう」と呻《うめ》く。

「そう、です。わたし、ずっと……感じていました」

いつからこんなにえっちな体になってしまったのだろう。

間違いなくアルベリク様のせいだ。

ただ見られているだけでも快感を覚えてしまうから世話がない。

「きみに触られるのはくすぐったかったけれど、そうだな――私も『感じて』いた」

不意にぽつりとアルベリク様が呟いた。

「興奮して、ミレイユに触りたくてたまらなくなった」

指で陰唇の端をふにふにと押される。

「ん、うんぅ……」

「触りたくてたまらない」と言うわりに、じれったい触れ方だ。

自制なんてせず思いのまま触ってほしいけれど、こうしてじらされるのも結局は快感に繋がるから、なんとも言えない。

わたしの中から溢れた蜜で陰唇は濡れている。アルベリク様は蜜を塗り広げるように指をぐるぐると動かして楕円《だえん》を描く。

「はぅう、ん……あぁ……」

わたしの体が小さく左右に揺れる。

そうしようと思ってしているわけではない。きっとそうすることで、もっと快楽を得ようとしている。

剝きだしの乳房も横揺れする。薄桃色の先端はきつく尖りきっている。

張り詰めた乳首をちらりと見て、アルベリク様が口の端を上げた。恥ずかしい。

「ミレイユも興奮している?」

「あ、ぁ……う、んっ」

返事をしたのか、喘ぎ声を上げただけなのか自分でもわからなかった。

あらためて大きく頷けば、アルベリク様はますます嬉しそうな顔になる。

そんなふうに笑っていらっしゃるのも、好き。

だから正直になれる。正直に「気持ちがいい」と表現できる。

彼が嬉しそうにしているのをもっと見たいというのもある。

「そういう顔をしているミレイユを見ていると、私も気持ちよくなる」

「え……っ？　わたし、どんな……顔、を」

鏡がないのでわからないものの、自分がどんな顔をしているのか確かめるのは少し怖い。目にすれば、羞恥心で潰れてしまうかもしれない。

「アメシストの瞳は潤んで、頬は赤く、瑞々《みずみず》しい唇はずっと開いたまま——煽情的な嬌声を紡いでいる」

詳しく説明されれば、自分の姿を見たも同然だ。

「わ、わたし……っ、う、そんな……あ、あぁっ」

陰唇を周回していた指が内側へずれて、花芽のすぐそばを擦りはじめた。

「本当だよ？」

彼の言葉を疑っているわけではない。ただ、恥ずかしすぎてすぐには受け入れられないだけだ。

わたしはつい、両手で自分の顔を隠した。

「隠してしまうなんて意地悪だね」

すかさずアルベリク様に指摘されたわたしは「でも、だって」と言いわけしようとする。

「わたし、恥ずかしくて……ん、んっ……ふぁ」

花芽のまわりを辿っていた指が、粒の根元を押しはじめる。

顔を隠したことを責められているのかもしれないけれど、気持ちがいいので手は退けずに腰を揺らす。

「仕方がないから、きみのこの小さな花芽をよく観察することにする」

「えっ——あぅ、あぁぁっ……！」

顔よりも脚の付け根のほうが、まじまじと見られるのは恥ずかしいのでは——。

そう思って顔から両手を退けると、アルベリク様とばっちり目が合った。

「どうして——」

花芽をよく見るとおっしゃっていたのに。

「ごめん、ちょっといたずらしてみたくなった。ミレイユがどういう反応をするのか知りたくて」

わたしがなにか言う前に、アルベリク様の指が花芽を押した。

「ふぁ、あぁぅ……っ！」

急に強い快感を与えられて、視界が定まらなくなる。ベッドの上でじたばたと暴れてしまった。

きっといまも、アルベリク様はわたしの反応を見ていらっしゃるのだろう。

「強く押しすぎたかな」

本当に加減がわからないのか、あえてそんなふうに尋ねていらっしゃるのか、判別がつかない。けれど、どちらでもいい。

「だい、じょう……ぶ、です。わたし……あぅ、気持ち……いい、から……あぁ」

快楽に溺れすぎてしまって、少々のことは気にならなくなる。

アルベリク様はにっこりと笑って「そう」と相槌を打ち、指でぎゅっ、ぎゅっ、ぎゅっとリズミカルに花芽を押した。

「んうぅ、あっ……は、あぁ、あっ」

ぬめりを帯びた指先で花芽を押されるたびに、手と足の先までぴりぴりと快感が走る。

快感ゆえに腰が上下に弾んでしまうのだけれど、アルベリク様は少しもぶれずに、的確にわたしの小さな粒を刺激している。

「そんなふうに踊っているミレイユもかわいい。ここ――ふるふる揺れてるね」

花芽を押しているのとは別の指で、胸の頂をつんっと突かれた。

「ひぁあっ！」

言われて初めて気がつく。わたしが腰を上下させれば、乳房も艶めかしく揺れてしまう。

胸の先端は当然のようにぴいんと尖っている。弄ってと言わんばかりだ。

そんな主張をアルベリク様はすぐに読み取って、指で乳首を嬲りはじめる。

「んっ、あぅ、は……あぁん……っ」

胸の蕾も花芽も、長い指で上下左右に弄ばれる。

アルベリク様はそうして両手を使っていても、どちらかが疎《おろそ》かになるということはない。

弄られれば弄られるほど快楽が積み重なるから、まるで底なし沼だ。

幾度となく与えられる愛撫に、わたしの体はすっかり味を占めて、羞恥心なんて初めからなかったかのように全力で快楽を堪能している。

「蜜の溢《あふ》れ方《かた》が、いつもより多い気がする」

独り言のようだったけれど、ばっちり聞こえてしまった。

かあっと頬が火照り、いたたまれなくなる。

どうやらまだ羞恥心が残っていたらしい。

「お酒を、飲んだ……から」

違う、言いわけだ。

きっとお酒を飲んでも飲まなくても、こうなっていたと思う。

ハネムーンで、いつもと異なる場所だからだとか、雰囲気だとか、そういう要因もあるのだろう。

でもいちばんはやっぱり、彼のことを愛しているから。

欲しいものを与えられて、甘やかされて、日を追うごとに愛も増す。

「ごめんなさい、お酒のせいじゃありません。アルベリク様が好きだからです」

よく考えて導きだした答えを言うと、アルベリク様は一瞬だけ手を止めた。

「ミレイユは私を喜ばせて煽るのが上手だ」

長い指が蜜だまりに沈んでいく。

「ひ、あぁあっ……！」

狭道の浅いところに溜《た》まっていた蜜を掻きだすようにアルベリク様は中指を前後させた。

彼の指がわたしの中に出たり入ったりするようすは淫猥《いんわい》で、この上なく気持ちがいい。

ちゅぷっ、ちゅぽっと水音が立つのもそうだ。その音を聞くだけで快感が増す。

そうして指で体の内側を擦られるだけでも強烈な快感を覚えるというのに、アルベリク様は親指で花芽を弄りはじめた。

「あう、うぅっ」

太い指で花芽をごりごりと押される。強くそうされても、感じるのは気持ちよさばかりだ。

ますます息を荒くしていると、彼の左手が胸の頂めがけて伸びてきた。

親指と中指で乳首をつまみ上げられ、なにかのキャップをまわすように捻られる。

追い打ちをかけるように、あるいは最後の仕上げと言わんばかりにアルベリク様は顔を伏せて、もう片方の乳首を舌でぺろっと舐めた。

「や、うそ……あぁ、あっ」

感じる箇所すべてを彼の舌と指で愛でられている。

どこか一箇所だけを重点的に、というわけではない。胸も脚の付け根も、そこだけ弄られるときと同等の、充分すぎるほどの快楽を与えられている。

わたしはぶんぶんと首を振った。

やめてほしいわけではないのに、そうせずにはいられない。

大きな大きな快楽の波が、ひっきりなしに押し寄せてくる。

「ふぁあ、あっ、やぁ……っ、そんな、ぜんぶ……あぅう、あぁああっ……！」

すべてが一気に弾《はじ》けとんだ。そんな気がした。

下腹部がびくっ、びくっと一定のリズムで脈を打ち、呼吸は荒いまま、全身から力が抜ける。

心身ともに蕩けきっているようだった。アルベリク様の巧みな愛に、溶かされている。

脚の付け根を見て彼が言った。

「とろとろだね」

わたしはこくっと頷く。その事実は隠しようがないし、ごまかそうとも思わなかった。

アルベリク様はわたしの太ももに手を添えて体を屈める。

なにをなさろうとしてるの？

果てまでいって蕩けきった頭では、なにも考えつかなかった。

だらんと開《ひら》いたままになっていた脚の真ん中に、アルベリク様の麗しい顔が近づいていく。

そうしてやっと、これまで以上に恥ずかしいことになるのだと自覚する。

「あ、待っ……あぁ、う……！」

達したばかりの花芽を舌でなぞり上げられた。

とたんに快楽が脳天まで突き抜ける。

果ての余韻にくわえて、それまでとはまた異なる刺激を与えられる。

アルベリク様の舌が花芽を舐め上げるたびに、わたしは至上の快感を覚えて体を捩る。

恥ずかしい気持ちがあったのは、ほんの一瞬だった。

めくるめく快楽にすぐ流されて、両膝をがくがくと揺らしてしまう。

過剰に反応してしまっている気がするのだけれど、快感が強すぎて、どうしても体がびくんびくんと弾む。

そうして揺れる乳房をアルベリク様の両手が鷲掴みにする。彼は花芽に舌を這わせながらでも、器用に胸を揉みしだく。

「あ、んっ……あぁ、んんっ」

彼の両手にも目がついているのではないかと思うほど正確に、胸の頂を指で押し上げられた。

「ふぁあ、んっ……！」

もう反則的に気持ちがいい。

乳首も花芽も、指と舌がそれぞれ蛇行するようにして嬲りたおしてくる。

いったいどこまで、アルベリク様はわたしを気持ちよくしてくださるのだろう。

際限なくもたらされる快楽に深く深く呑み込まれて、理性も羞恥心も、もうずいぶん前から見失ったままだ。

舌と指の動きが速くなり、快感がどんどん膨らんでいく。

昇りつめる感覚が前面に出てくる。なにもかもが快感一色に染まる。

「あぁあああぁっ――‼」

大声で叫び、全身をがくがくと震わせることで、最大限の快感を味わっているのだと彼に訴える。

アルベリク様は顔を上げると、意味ありげに舌なめずりをした。

その肉厚な舌に、いまのいままで脚の付け根を舐めしゃぶられていたのだと思うと、どうしようもなく体が火照った。

この期に及んでまだ、もっと興奮してしまっている。

そんな自分を戒めるため、わたしはベッドの上でくるりと寝返りを打って枕に顔を突っ伏した。

お尻からうなじのあたりまで、手のひらですうっと撫で上げられる。

すでに何度も達しているからか、それだけで気持ちがよくて、ぞくっとした。

中に入ってくるのを期待して、下腹部がトクッと高鳴る。

「後ろからがいいの？」

なにが――とは訊かない。お互いにもう、よくわかっている。

わたしはくぐもった声で「はい」と答えた。

興奮しすぎているのを戒めるため彼に背を向けたはずなのに、アルベリク様がわたしの中に入ってくるのを期待して、下腹部がトクッと高鳴る。

腰を掴まれ、彼のほうに引き寄せられる。

自然と両膝を立てる恰好になった。ベッドの上で四《よ》つん這《ば》いになっている。

アルベリク様には長い時間、愛撫してもらった。

そのあいだずっと、彼を我慢させてしまっていた？

わからないけれど、蜜口にあてがわれた一物はとても硬く、張り詰めている感じがした。

彼が、わたしの中に入ってくる。

「ん、んっ……あぁ……っ」

もう数えきれないほど彼と繋がりを持っているけれど、どれだけ経ってもこの圧迫感には慣れる気がしない。存在感が凄まじすぎるのだと思う。

アルベリク様の一物は小さく押し引きを繰り返しながら、着実に狭道の中を進んでいく。

硬いそれで蜜襞を擦られると、えもいわれぬ快感が生まれる。

叫びだしたいような、声を抑え込んでいたいような、複雑な気持ちになる。

そうして結局「あぅ、ああっ……んん」と、どっちつかずの呻き声を漏らした。

「苦しくない？」

アルベリク様が気遣ってくださる。

わたしはなんとかしてちらりと後ろを振り返った。

「へいき、です……」

ふたたび前を向けば、より深いところに雄杭が侵入してきた。

「う……ふぅ、う」

平気だと答えたものの、語弊があったといまになって気がつく。

なんでもないわけじゃ、ないわ。

こんなふうに貫かれると――毎回そうだけれど――ただごとではない。

もちろん苦しいだとか、つらいだとかいうことではない。

けれど、大きすぎる快楽に翻弄されて、ほかのことに気がまわらなくなる。

「ごめ、なさ……あの、平気じゃ……な……ああ、ぁっ」

より深いところへ彼のものが進んできた。

「うん――苦しくはないけれど平気でもない、ということだね？」

理解してくださっていることが嬉しい。体内に嵌まり込む感覚もたまらない。

「あ……締まった」

嬉しい気持ちと蜜壺の中は、連動しているらしい。

恥ずかしくなりながらも、彼が素直に感想を零《こぼ》してくれたことにも喜びを覚える。

雄杭は蜜襞を擦りながら進んで、行き止まりまで届いた。

「ふあぁ……っ！」

後ろからだから挿入が深い。体のいちばん奥まで彼のものでいっぱいになる。

「は……あ……ミレイユ」

そのあとに続く言葉はなかったけれど「気持ちいい」と言いたいのだと思う。

わたしも同じで、それ以上の言葉は見つからない。

最奥の感触を確かめるようにぐっ、ぐっと二回突かれる。「あっ、あっ」と、同じように声も二回重なった。

行き止まりをぐりぐりと押され、気持ちがよすぎてどっと汗が噴きだす。

わたしは意味もなく上を向いたり下を向いたりと、頭を揺らした。

ずず、ぐちゅっ……と、水音を伴ってアルベリク様の一物が狭道の中を往復しはじめる。

「んう、ぁ……っ。あ、あっ……」

緩慢に、じっくりと蜜壺の中を擦られる。

アルベリク様はどこを突けばわたしがもっと感じるのか、よく知っていらっしゃる。

だから、たとえゆっくりとした動きでも悦楽に浸ることができる。

けれど彼のそれは、いつまでも緩い動きではない。

「んっ——ああ、ぁっ……はぁっ」

律動の速さと一緒に快感もいっそう大きくなっていく。

狭い蜜壺の中で、雄杭が縦横無尽に暴れまわっている。

急にお尻をすりすりと撫でられたものだから「きゃあっ」と、喚《わめ》き声《ごえ》が出た。

「驚かせてしまった？　ごめん……無性に触りたくなった」

その言葉と同時に奥深くをずんっと穿《うが》たれた。

「ひあぁぁあっ！」

ふだんはとても冷静で、少々のことでは動じないアルベリク様だけれど、こういうときは意外と衝動的なのかもしれない。

あるいは本能のままに動いていらっしゃる。

わたしも——そう。

理性よりも本能のほうが先に立っている。そうでなければきっと、逆におかしくなってしまう。

何度も何度も最奥を穿たれたわたしはいよいよ悲鳴を上げて、果てまでいく。

昇りつめたとき、わたしとアルベリク様の脈動はいつも重なっている。

ドクッ、ドクッというお互いの脈が心地いい。

「はぁ、はっ……あ、あぁ……っ」

ふたりとも息が荒かった。しばらく動けずに、肩で息をする。

「……きみの蜜に誘われて、いつまでもこの場所に留《とど》まりたくなってしまう」

その言葉を聞いて、はっとする。

蜜壺の中にあった彼のものが、もとの膨らみを取り戻していく。

一度で終わらないことはよくある——というか、このところはほとんどそうだ。

けれどそれもやっぱり本能なのだと思う。

アルベリク様だけじゃ、ない。

達したばかりでも、わたしの中はまだまだ愛液を量産して大喜びしている。

お互いに、求め合っている。

ふたたび激しい抽挿に見舞われる。

シーツのほうを向いたまま揺れ動いていた乳房の先端をふたつとも、きゅっとつまれた。そのまま指で絞り込まれる。

「あっ、ぁっ……あぁ、また……いっちゃ……う、あぅっ、あぁあぁっ……‼」

恍惚《こうこつ》境まで、ふたりで達する。

体も、吐息も、気持ちまですべてが混ざり合う。

アルベリク様はわたしの中から雄杭を引き抜くと、すぐそばに寝転がった。

開け放たれた窓から入ってくる爽風が、汗ばんだ素肌を心地よく撫でていく。

汗で額に貼りついていた髪をそっと持ち上げられる。

彼の額も同じようになっていたから、わたしもまたアルベリク様の髪に触れた。滑らかな銀の髪を指のあいだに挟んで撫でる。

くすっと、アルベリク様が小さく笑った。

「明日は船に乗ろうか」

「はい！　楽しみです」

考えるだけでわくわくしてくる。

「ミレイユと出会えてよかった、と……いまになって実感している」

感慨深そうに言って、アルベリク様は相好を崩す。

「ハネムーンは、いいね。ミレイユとなにをして過ごすのか、そのことだけを考えていられる」

それまでにこにこしていたアルベリク様だったけれど、急に困ったような笑みになった。

「きみとならなにをしていても楽しいから、かえって悩む」

頬と、それから鎖骨のあたりに手をあてがわれた。

「やってみたいことが、たくさんある」

彼の声音が艶を帯びた気がしてドキリとする。

「それは、あの……どういう……」

「どういうことだと思う?」

アルベリク様はどこか挑発的にほほえむと、いたずらっぽくわたしの脇腹をくすぐってきた。

「や、やあっ……アルベリク様、くすぐったいです」

悶《もだ》えて体をくねらせると、彼はとびきりの笑顔を見せてくれる。

「愛している」

甘い囁き声のあとすぐ、唇同士が重なった。

嬉しくて、胸が熱くなる。

もう、バッドエンドとはほど遠い。

幸せな未来を想像しながら、わたしはアルベリク様の背中に腕をまわした。

あとがき

こんにちは、熊野まゆです。

本書をお手に取ってくださりありがとうございます。いかがでしたでしょうか？　楽しんでいただけましたら幸いです。

おかげさまで、今作も楽しく書かせていただきました。

イラストご担当のまりきち先生、このたびは素敵なミレイユとアルベリクを描いてくださりありがとうございました！

そして担当編集者様。例のごとく、プロットの段階では作中のゲームタイトルがとんでもないことになってしまっていたというか、迷走していたのですが、担当編集者様のおかげでおっしゃれ～な雰囲気になりました。いつも導いていただき、本当にありがとうございます！

末筆ながら、読者様、制作に携わってくださった皆様に心より御礼申し上げます。今後とも熊野をどうぞよろしくお願いいたします！

熊野まゆ

悪役令嬢の取り巻きモブですが、破滅回避を頑張ったら王弟殿下に求愛されました

Vanilla文庫

2024年10月5日　第1刷発行　定価はカバーに表示してあります

著　者　熊野まゆ　©MAYU KUMANO 2024
装　画　まりきち
発行人　鈴木幸辰
発行所　株式会社ハーパーコリンズ・ジャパン
東京都千代田区大手町1-5-1
電話　04-2951-2000（営業）
0570-008091（読者サービス係）

印刷・製本　中央精版印刷株式会社

Printed in Japan ©K.K. HarperCollins Japan 2024 ISBN978-4-596-71623-1